पेंगुइन स्वदे

एक लड़की एक शाप

अमृता प्रीतम पंजाबी के सबसे लोकप्रिय लेखकों में से एक हैं। अमृता प्रीतम का जन्म 1919 में गुजरांवाला पंजाब (भारत) में हुआ। उनका बचपन लाहौर में बीता और शिक्षा भी वहीं हुई। किशोरावस्था से उन्होंने लिखना शुरू किया। उन्होंने सौ से अधिक कविताओं की पुस्तकें लिखीं, साथ ही फिक्शन, बायोग्राफी, आलेख और आटोबायोग्राफी लिखकर साहित्य में नया मुकाम हासिल किया। इनकी तमाम पुस्तकों का कई भारतीय भाषाओं सहित विदेशी भाषाओं में भी अनुवाद हुआ। अमृता प्रीतम पहली महिला लेखिका हैं, जिन्हें 1956 में साहित्य अकादमी पुरस्कार मिला। 1982 में उन्हें *काग़ज़ ते कैनवास* के लिए ज्ञानपीठ पुरस्कार मिला। 2004 में पद्मविभूषण भी प्रदान किया गया।

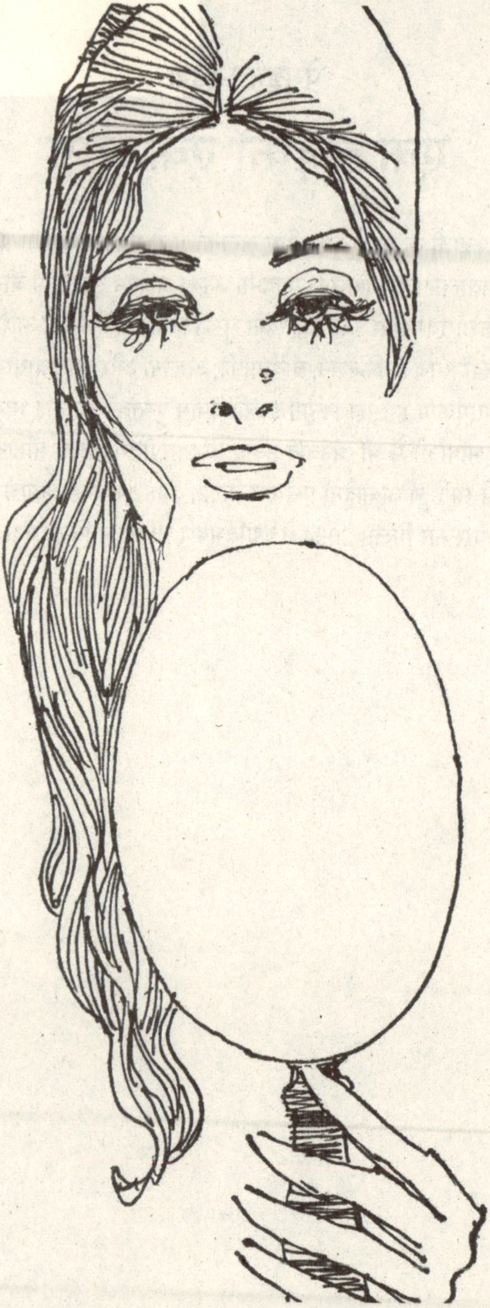

एक लड़की एक शाप

अमृता प्रीतम

पेंगुइन स्वदेश
पेंगुइन रैंडम हाउस इंप्रिंट

पेंगुइन स्वदेश

यूएसए। कनाडा। यूके। आयरलैंड। ऑस्ट्रेलिया। सिंगापुर
न्यू ज़ीलैंड। भारत। दक्षिण अफ्रीका। चीन

पेंगुइन स्वदेश, पेंगुइन रैंडम हाउस ग्रुप ऑफ़ कंपनीज़ का हिस्सा है,
जिसका पता global.penguinrandomhouse.com पर मिलेगा

पेंगुइन रैंडम हाउस इंडिया प्रा. लि.,
चौथी मंज़िल, कैपिटल टावर-1, एम जी रोड,
गुरुग्राम 122 002, हरियाणा, भारत

पेंगुइन
रैंडम हाउस
इंडिया

प्रथम हिन्दी संस्करण हिन्द पॉकेट बुक्स द्वारा 1972 में प्रकाशित
प्रस्तुत हिंदी संस्करण पेंगुइन स्वदेश में पेंगुइन रैंडम हाउस द्वारा 2026 में प्रकाशित

10 9 8 7 6 5 4 3 2

इस पुस्तक में व्यक्त विचार लेखक के अपने हैं, जिनका यथासंभव तथ्यात्मक
सत्यापन किया गया है और इस संबंध में प्रकाशक एवं सहयोगी
प्रकाशक किसी भी रूप में उत्तरदायी नहीं हैं।

ISBN 9789353497316

मुद्रकः रेप्रो इंडिया लिमिटेड

www.penguin.co.in

FSC
www.fsc.org
MIX
Paper from
responsible sources
FSC® C047271

This is a legitimate digitally printed version of the book and therefore might not
have certain extra finishing on the cover.

अपनी दोस्त जस्सी के नाम !

क्रम

न जाने कौन रंग रे

समय हमेशा आगे नहीं चलता, कभी यह पीछे भी चलने लगता है। जैसे चलते हुए के हाथ से कोई चीज़ गिर पड़ी हो, बड़ी दूर निकल जाने के बाद उसे उस चीज़ की याद आई हो और फिर उसे खोजने के लिए वह पीछे चल दिया हो।

मेरी मां की नाक का मोती समय की मुट्ठी से गिर पड़ा। बीस साल बीत गए। बीस साल बाद समय को अचानक उसकी याद आई। वह चौंककर ठिठक गया, और फिर उस मोती की तलाश में पीछे लौट पड़ा।

बीस साल पीछे लौटे हुए समय की सहायता से मैं आज अपनी मां की नाक का मोती देख रही हूं। मैंने अपनी मां को अपनी आंखों से कभी नहीं देखा, क्योंकि मैं अभी पूरे चालीस दिनों की भी नहीं थी जब मेरी मां चल बसी थी। पर आज बीस साल पीछे चलकर आए समय की आंखों से मैं देख सकती हूं कि—पड़ोसी के घर विवाह रचा है। विवाहुला लड़की की सहेलियां मंडहे के दिन गीत गाने के लिए जमा हुई हैं। हम मध्यप्रदेशियों में यह मंडहे का दिन बड़ा सजीला होता है। विवाह के मंडप के चारों ओर लड़कियां घेरा डालकर नाचती हैं। इन नाचती हुई लड़कियों में जो सबसे कटीली है—उसने नाक में सुच्चा मोती पहना है। तीखे और कनकई नाक पर मोती बड़ा दिप रहा है। घुंघराए हुए बाल जब नाच की ताल में घूमती कमर से हुलराकर माथे पर आ गिरते हैं तो कोई एक

घुंघरू ज़्यादा ही उछलकर नाक के मोती को हाथ से छू जाता है। और होंठों में जब गीत कांपता है तो उसकी लचक से नाक का मोती झिलमिला उठता है। मोती का रंग दिखता है, पर गीत का रंग नहीं दिखता, न ही गाने वाले के मन का रंग दिखाई देता है, और इसी अनदिखन में परेशान होकर वह लड़की कह रही है:

"कलसा तो बड़ा सुन्दर,
न जाने कौन रंग रे।"

और इस पंक्ति को लगभग बीस बार दुहराकर वह आगे कहती है:

"न जाने कुम्हरा के गढहे
न जाने माटी रंग रे
दुलहन तो बड़ी सुन्दर
न जाने कौन रंग रे।
न जाने मईया की कुखिया
न जाने बाबा रंग रे
रूप दिया करतार
सुन हो हम आपा रंग रे।…"

और न दिखने वासे रंग की परेशानी को वह करतार पर और कुदरत पर छोड़कर अपना मन हौला कर लेती है। पर मन शायद यूं हल्के नहीं हुआ करते। मन तोते का बाना पहन लेता है और उस देश में उड़ जाने के लिए व्यग्र हो उठता है जो देश अमरूदों का देश हो। दिन में पके अमरूदों को चुंचियाता वह अपना समय काट लेता है—पर रात में फिर विकल हो उठता है। वह आधी रात में उठकर चोली के बंधन को कुतरने लगता है। यही परेशानी गीत बन जाती है:

"चल रे सुगना अमरूदवा के देसवा में।
दिन में तो कुटके सुगना पकले अमरूदवा
अधीया रतियन कुटके चोली केर बंधनुवा।
चल रे सुगना…………………

और फिर पता नहीं गा-गाकर और नाच-नाचकर वह लड़की

थककर रुक जाती है, या तोते की लाल चोंच से घबराकर वह तोते वाला गीत गाना बंद कर देती है, या मुंडेर पर से देखते हुए लोगों की नज़रों से लजा जाती है···इसके बाद बारात आती है। वह लड़कियों के साथ मिलकर बारात देखने चली जाती है। बारातियों में दूल्हे के कुछ दोस्त ऐसे भी हैं जो किसी बड़े शहर से आए लगते हैं। उनकी चाल-ढाल बाकी बारातियों से न्यारी है। और उन न्यारे बारातियों में से एक बाराती एकटक उस लड़की के मुख की तरफ देखे चले जाता है जिस लड़की की नाक में सुच्चा मोती दमक रहा है। लड़की को लगता है कि यही आदमी मुंडेर पर भी खड़ा था। जाने दोनों घरों से उसका कोई दुहरा नाता था जो कि अब वह बारात में भी चला आया था। लड़की लाज से दुहरी हुई जाती है और उसकी नाक का मोती जैसे नाक में सिकुड़ता जाता है।—इसके बाद बारात रोटी खाती है। कुछ बाराती बारातघर में लौट जाते हैं। पर दूल्हा, उसके नज़दीक के कुछ नाती और उसके न्यारे दोस्तों में से सिर्फ एक दोस्त वहां रह जाता है। मंडप में बैठने का समय हो आता है। सामग्री का धुआं जैसे-जैसे ऊपर उठता है, लड़कियों का गीत ऊंचा हो जाता है:

> "पहली भंवर बेटी अब हूं हमारी—बाबल की बेटी
> दूजी भंवर बेटी अब हूं हमारी—भईया की बेटी
> तीजी भंवर बेटी·········"

तीसरी भंवर बिटिया मामे की, चौथी भंवर बेटी ताऊ की, पांचवीं भंवर बेटी चाचे की, छठी भंवर बेटी भाइयों की ···अपनी मां के जाओं की—पर सातवीं भंवर में बेटी पराई हो जाती है।— गाने वाली लड़कियों में सबसे छबीली वही लड़की है जिसकी नाक में सुच्चा मोती है, और सबसे लचीली आवाज़ उसी लड़की की है जिसकी नाक में सुच्चा मोती कांप रहा है। दूल्हे का वह न्यारा दोस्त आंख नहीं झपकता; एकटक उसे देखे जाता है। सारे गीत में वह लड़की उसे पराई लगती रहती है। पर आखिरी पंक्ति गाती हुई वह लड़की उसे अपनी हो गई लगती है। सुबह सूरज उग आने पर वह लड़की के मां-बाप को सन्देशा भिजवाता है और उस लड़की

को मांग लेता है।—मां-बाप उसका अता-पता पूछते हैं और फिर अपनी तसल्ली कर लेने पर वह उस लड़की की सगाई दे देते हैं—वह लड़की कलावती—सुना है कि मेरी मां थी।

अगली बात मैंने अपनी नानी के मुख से कई बार सुनी कि मेरी मां अपने विवाह में भी गीत गाती थी। और कोई गीत नहीं—सिर्फ एक ही पंक्ति—"न जाने कौन रंग रे !" यह पंक्ति वह ढोलक पर नहीं गाती थी—यूं ही गाए जाती थी। आंगन में बैठकर नहीं गाती थी—घर की दीवारों से सटकर गाती थी। सहेलियों के साथ मिलकर नहीं गाती थी, अकेली शीशे के सामने खड़ी होकर गाती थी। हवा में हाथ हुलराकर नहीं गाती थी—हाथ से आंख का आंसू पोंछकर गाती थी। और इस गीत के विलाप से उसके नाक का मोती दिपदिपाता नहीं था, जल-जलकर बुझाता था।

और मेरी नानी ने मुझे बताया था कि विवाह के पहले फेरे में ही मेरी मां का रूप नखुना गया था। दूसरे फेरे में मुझे कोख में ले लौटी। कोख में मुझे ले आई, और हड्डियों में ताप। बस। फिर वह कहीं नहीं गई। मुझे जन्म देने के बाद उसका पूरा चालीसा भी नहीं कटा। खाट से एक दिन उसे तब उतारा गया जब मेरा जन्म हुआ था। फिर चालीसे के अन्दर दूसरी बार वह उस दिन उतारी गई जब उसका सांस उखड़ रहा था।

मैं जब ज़रा संभली तो नानी को ही मां कहकर बुलाने लगी थी। पांच साल बाद मुझे मालूम हुआ था कि मां और होती है और नानी और। तब मुझे नानी ने बताया कि मेरा बाप एक बार मेरी मां की मौत पर आया था और फिर कभी नहीं आया। वह कहीं से मेरी एक दूसरी मां ले आया था। पर दूसरी मां अपनी मां नहीं होती, इसलिए उसने कभी मुझे अपने पास नहीं बुलाया था।

और सोलह साल बाद मेरी नानी ने मुझे एक भेद की बात बताई थी। मैं तब कालेज में पढ़ती थी। हमारे कस्बे में कालेज खुल चुका था। एक दिन मेरे कालेज का एक सहपाठी मुझे मिलने के लिए आया। वह मेरे कमरे में बैठा था कि मेरे नानाजी घर आ गए। मेरी नानी ने मुझे बताया कि मेरे नानाजी को यह पसन्द

नहीं होगा कि मेरे कालेज का कोई लड़का मुझे मिलने के लिए घर आए। इसलिए मैंने उससे कुछ बातें करके उसे जल्दी से भेज दिया। मेरे नानाजी आगे के आंगन में बैठे हुए थे, इसलिए मैंने अपने जमाती को आगे के दरवाज़े से नहीं—पिछले दरवाज़े से लौटा दिया।— उस रात नानी ने मेरे पास बैठकर मुझे बताया कि मेरी मां को एक यूसुफ नाम का लड़का बहुत अच्छा लगता था। और मेरी नानी ने सोच में गोता खाकर मुझे यह भी बताया कि खुदा ने उसे शक्ल भी यूसुफ की ही दी थी, और हलीमी भी। "पर न ज़ात मिलती थी न धर्म—मैं किस दरवाज़े से उसे अन्दर लाती। एक बार मैंने उसे पिछले दरवाज़े से अन्दर आते हुए देखा तो मैंने बेटी को अकेले में बैठाकर समझा दिया कि औरत का पाप फूल की तरह होता है, जो पानी में डूबता नहीं, बल्कि तैरकर मुंह से बोलता है। मर्दों का क्या है—उनके पाप तो पत्थरों की तरह पानी में डूब जाते हैं, किसीको कानोंकान खबर नहीं लगती।—मैंने बेटी को बांधकर उसका विवाह कर दिया। पर एक साल में ही बिचारी चल दी। जो सेहरा बांधकर आगे के दरवाज़े से घर आया था, मरी हुई की लाश देखने के लिए बस एक बार फिर आया और चला गया। मरी हुई का चेहरा देखने के लिए एक बार वह भी आया बेचारा। पिछला दरवाज़ा खटखटाने लगा। मैं क्या करती ? ज़ात नहीं मिलती थी, धर्म नहीं मिलता था, पर किस दिल से मैं उसे रोक देती। अन्दर आकर मरी हुई का चेहरा देख गया। और फिर उन्हीं पैरों उसी रास्ते से लौट गया। मेरी बेटी की किस्मत ! जो आगे के दरवाज़े से आया था, वह भी चला गया और जो पीछे के दरवाज़े से आया था, वह भी चला गया।…"

और इस तरह मुझे अपनी मां का रोग मालूम हो गया था। मेरी नानी जो बात मझे समझाना चाहती थी मैंने वह भी समझ ली। मुझे अपनी मां वाले रोग से बचना था, इसलिए मैंने कभी किसीको पिछला दरवाज़ा न खोला। मुझे मालूम हो गया कि पिछले दरवाज़े से जो दिल एक बार चला जाता है, वह दिल फिर लौटकर छाती में नहीं आता…

मुझपर भी वही जवानी आई थी जो कभी मेरी मां पर थी। अपनी नानी से मैंने भी वह गीत सीखा था जो कभी मेरी मां ने सीखा था···चल रे सुगना अमरूदवा के देसवा में—और शीशे में अपना चेहरा देखकर मैं भी वही गीत गाती थी जिसे मेरी मां गाया करती थी—"न जाने कौन रंग रे।"···पर मैंने घर का पिछला दरवाज़ा कभी किसीके लिए न खोला। और अगले दरवाज़े पर नज़र टिकाकर उसकी इन्तज़ार करने लगी जिसका चेहरा देखकर मुझे किसी यूसुफ का चेहरा याद न करना पड़े···

फिर मुझे सत्तरहवां साल लगा, फिर अठारहवां और फिर उन्नीसवां। मेरे नानाजी को घाटा पड़ गया। मेरे लिए वे जिन अच्छे रिश्तों की तलाश कर रहे थे, उनकी वह उम्मीद छोड़ बैठे। एक दिन सोच में डूबे हुए उन्होंने मेरे बाप को खत लिखा कि मेरी उमर विवाह के योग्य हो आई थी जिससे उन्हें मेरे लिए फिकर करना चाहिए था।

खत के जवाब में मैंने जिसे देखा वह मेरा बाप था। बेटी ने अपनी होश में पहली बार अपने बाप को देखा और बाप ने पहली बार बेटी को। आंखों में कभी पहचान पड़ जाती थी, कभी निकल जाती थी। मैं समझ नहीं पा रही थी कि अपने बाप से क्या बातें करूं, और शायद मेरे बाप को भी यह समझ नहीं आ रहा था कि वह मुझसे क्या बात करे। उस रात वह मेरे नानाजी के घर रहा। रात में बड़ी देर तक उनसे बातें करता रहा। सुबह मेरी नानी ने मुझे बताया कि मेरा बाप कुछ दिनों के लिए मुझे अपने घर ले जाना चाहता था। मुझे यह सब अजीब लग रहा था, पर मैं जाने के लिए मान गई। मेरी इच्छा किसी आत्मीयता से नहीं बंधी हुई थी, पर एक रिश्ते से बंधी हुई थी। दोपहर के समय जब मैंने अपने कपड़े निकाले तो मेरी नानी ने अपना लकड़ी का सन्दूक खोलकर, उसमें से सुच्चे मोती की तीली निकालकर मेरे नाक में पहना दी। यह वही सुच्चा मोती था जिसे मेरी मां अपने नाक में पहना करती थी···

मुझे वह पल अच्छी तरह याद है जब मेरी नाक में सुच्चा मोती पहनाकर मेरी नानी ने मेरे चेहरे की तरफ देखा तो दोनों हाथों से

अपना मुंह ढंककर वह रोने लगी थी। फिर जाने अपना रोना उसे अशकुना लगा कि वह मेरे सिर को अपनी छाती से लगाकर मेरे माथे को चूमने लगी। चूमते-चूमते वह कह रही थी : "मूल से व्याज प्यारा।"...मैं जानती थी कि मेरी नानी का मूल खो गया था। मैं तो व्याज थी—बेटी की बेटी। उस खोए हुए मूल का दर्द भी था, और रहते व्याज पर प्यार भी आ रहा था।

मेरे चेहरे में से उस समय जाने किस तरह सबको मेरी मां का चेहरा दिखाई दे रहा था। स्टेशन पर जाते समय मेरे नानाजी ने मुझे सिर पर प्यार दिया तो उनके मुख से हड़बड़ाकर निकल गया, "मुझे तो आज यह बिलसिया बिलकुल कलावती दिखाई दे रही है—साईं के ये क्या रंग होते हैं..."

गाड़ी में मुझे ज़नाने डिब्बे में बिठाकर मेरे पिताजी ने अपना बैग मर्दाने डिब्बे में रख लिया। मैं जब अकेली बैठी तो मुझे लगा कि मैंने अपने बाप की शक्ल अच्छी तरह नहीं देखी थी। दूसरे दिन सुबह जब दिल्ली उतरूंगी तो पता नहीं गाड़ी में से उतरकर उसे पहचान भी सकूंगी या नहीं।—और शायद यही विचार मेरे बाप को भी आया हो, क्योंकि अगले स्टेशन पर वह मेरे डिब्बे में आया और मुझे इस तरह देखने लगा जैसे वह भी मेरी शक्ल को अच्छी तरह देख रहा हो ताकि दूसरे दिन सुबह वह दिल्ली गाड़ी से उतरने पर मुझे अच्छी तरह पहचान ले।

रात उतर आई थी। अभी काफी सफर बाकी था कि आगरा स्टेशन आया। स्टेशन पर मेरा बाप मेरे डिब्बे में आया और मुझसे बोला, "अगर तुम कहो तो यहां उतर जाएं। तुमने ताज कभी नहीं देखा..." मेरे मन का बांध टूट गया। दिल में आया कि— अपने बाप की छाती से सिर पटककर कहूं, 'मां ने मुझे मरकर छोड़ दिया, पर तुमने तो जीते जी ही छोड़ दिया था। बीस साल बाद आज तुम्हें खयाल आया है कि मैंने अभी आगरे का ताज नहीं देखा, दिल्ली का लाल किला नहीं देखा...मुझे अब कुछ नहीं देखना...' किसी बाप से मैंने ज़िदें करके नहीं देखा था, पर जब समय आया था, तो ज़िदें करने की उमर बीत चुकी थी। अब मैं उन्नीस साल

की कालेज में पढ़ी-लिखी लड़की थी। कहना मानकर 'अच्छा' कहा और गाड़ी से नीचे उतर आई।

एक होटल में सामान रखा। रोटी खाई। रात बड़ी गहरा चुकी थी। सोचा कि सुबह होते ही ताज देखेंगे—इस समय नहीं। और मैं अपने पिता के सपने जैसे मेल को आंखों में झपककर सो गई।

मालूम नहीं मेरी किस्मत या मेरे नाक में पहने हुए मोती की किस्मत—मुझे अपनी छाती में अपना सांस घुटता हुआ महसूस हुआ और घबराकर मेरी आंख खुल गई। किसीका मुख मेरे मुख पर झुका हुआ था, किसीकी बांहें मेरी बांहों पर पड़ी हुई थीं। मैं चीख उठी, "बाबूजी!"

अपने बाप को पहचानकर मैंने यह आवाज़ नहीं दी थी। जो आदमी मेरी चारपाई पर आ गया था, उससे मुझे बचाने के लिए मैंने अपने बाप को आवाज़ दी थी। पर···

बाबूजी ने अपनी तली से मेरे होंठ भींच दिए। मेरी चीख मेरे होंठों में ही भिंचकर रह गई। मैं कांप रही थी, पर मैंने देखा मेरा बाप भी कांप रहा था। मेरी बांहों में मालूम नहीं कहां से ज़ोर आ गया। मैंने अपने बाप की बांहों को पीछे धकेल दिया और चारपाई से उतरकर खड़ी हो गई।

मालूम नहीं हो रहा था, क्या करूं। कमरे का दरवाज़ा अन्दर से बन्द था। मैंने दरवाज़ा जल्दी से खोल दिया और मैं दहलीज़ में खड़ी हो गई। समझ नहीं पा रही थी कि इस समय कहां जाऊं। कितनी ही देर दरवाज़े में खड़ी रही। और फिर मैंने देखा कि मेरा बाप अपनी चारपाई पर पड़ा रो रहा था। मैं कितनी देर उसी तरह खड़ी रही। एक पैर दहलीज़ के अन्दर था, एक बाहर। अन्दर का पैर बाहर नहीं जाता था, और बाहर का पैर अन्दर नहीं आता था।

और फिर मेरे कानों को लगा कि मेरा बाप मेरी मां का नाम लेकर कुछ कह रहा था। और फिर मुझे लगा कि मेरा नाम लेकर भी कुछ कह रहा था। मैंने कमरे के खुले दरवाज़ों को भिड़का दिया

और अपने पिता की चारपाई के पास घुटनों के बल बैठ गई। मेरी टांगें कांप रही थीं और मुझसे खड़ा नहीं रहा जाता था।

जो लफ़्ज़ मेरे पिता के रोने में मिले हुए थे, वे अब मुझे अच्छी तरह सुनाई दे रहे थे। मेरा बाप कभी मेरी मां का नाम लेकर उससे माफी मांग रहा था और कभी मेरा नाम लेकर। न जाने कैसा रोना मेरे दिल में भी घिर आया। चारपाई के पाये से सिर टेककर मैं रोने लगी तो न मैं अपने बाप को चुप करा सकी और न अपने-आपको।

जाने रात ढल रही थी. सुबह हो रही थी, या सिर्फ चांद का उजाला कमरे में फैल रहा था, मेरा बाप चौंककर चारपाई से उठ बैठा, "मैं दिन की रोशनी में तुम्हें अपना चेहरा नहीं दिखा सकता बेटी ! मैं अभी यहां से चला जाऊंगा। तुम पढ़ी-लिखी लड़की हो। सुबह किसी गाड़ी से वापस अपनी नानी के पास चली जाना।"

मैंने अपने बाप के टुटे-टूटे बोल सुने और फिर देखा कि उसने अपनी जेब से कुछ नोट निकालकर चारपाई पर रख दिए: "होटल का बिल दे देना···गाड़ी का टिकट ले लेना···"

मैं चारपाई के पाये पर सिर रखकर रो रही थी। मालूम नहीं कब मैं अपने पिता की टांगों के पास होकर उसके घुटनों से सिर लगाकर रोने लगी थी।

"तुम अगर माफ कर सको ···मुझे माफ कर देना !···" मेरे बाप ने कहा और मुझे ऐसा लगा जैसे मेरे सिर पर हाथ रखने के लिए उसने अपना हाथ बढ़ाया था—पर मेरे सिर को छुआया नहीं था।

"बाबूजी ! " मेरे मुख से बिलखकर निकला।

"तुम्हारी मां मर गई—समझ लेना बाप भी मर गया—" मेरे बाप ने एक बार कहा और फिर उसने मुझसे अपने घुटनों को छुड़ाकर परे हो जाना चाहा।

मैंने घुटनों को ज़ोर से अपनी बांहों में कस लिया। पर मुझसे कुछ कहना न हुआ। बड़ी देर बाद मेरे बाप ने कहा :

"तू नहीं समझ सकती···मैं समझाऊं भी किस तरह—किसे समझाऊं ? एक सच था, पर सारा झूठ बन गया है।"

"मैं समझूंगी बाबूजी!"

"मैंने जब तुम्हारी मां को देखा था···बीस साल हो चले हैं—पता नहीं बीस साल कहां चले गए—मैंने कल जब तुम्हें देखा— तो मुझे लगा कि मैं उसीको देख रहा था···"

"मैं समझ रही हूं बाबूजी···"

समय हमेशा आगे नहीं चलता। कई बार पीछे भी चल पड़ता है। जैसे चलते हुए के हाथ से कोई चीज़ गिर पड़ी हो। बड़ी दूर निकल जाने के बाद उसे उस चीज़ की याद आई हो और फिर उसे खोजने के लिए वह पीछे लौट आया हो—मेरी मां की नाक का मोती समय के हाथ से गिरा पड़ा था। बीस साल हो चले थे। आज मेरा बाप समय के साथ मिलकर उस मोती को खोज रहा था···

मेरे बाप को बीस साल पीछे की बातें कल की तरह याद थीं। मैं सुनती रही: जैसे वह एक-एक बात मुझे आंखों से दिखाता जा रहा हो। जो कुछ समझ सकती थी समझा। जो नहीं समझ सकती थी—उसे अपनी छाती में रखकर नानी के घर आ गई हूं, "सौतेली मां के पास जाने का दिल नहीं हुआ।" नानी को कह दिया है। पर सोच रही हूं कि मां गाया करती थी "कलसा तो बड़ा सुन्दर न जाने कौन रंग रे" मां को अपने मन का रंग मालूम न हुआ, वह इस रंग से परेशान होकर मर गई। बाबूजी जीवित हैं, पर अपने मन का रंग उन्हें भी पता नहीं चलता···जिस ईश्वर ने इस रंग को बनाया है, वही उन्हें माफ करे। मैं क्या कह सकती हूं···

कहानी दर कहानी

निर्मला जब निम्मी थी, तो दूध पीने के लिए एक प्याला उसका सुरक्षित रहता था। बिल्कुल सफेद प्याला, सिर्फ उसके पेंदे में हरे रंग में फूल की पत्तियां खुदी हुई थीं। निम्मी को दूध के गिलास से कतराती देखकर उसकी मां ने एक दिन गिलास की जगह इस प्याले में दूध डालकर निम्मी से कहा था कि अगर वह सारा दूध पी लेगी तो पेंदे में खुदी हुई फूल की खूबसूरत पत्तियां उसे दिखाई देंगी। पत्तियों को देखने की उत्कंठा में निम्मी ने दूध पी लिया था। मां को भी इस प्याले का जादू रास आ गया, निम्मी को भी। निम्मी को फूल की पत्तियां देखने की चाह हर रोज़ उतनी ही होती जितनी कि पहले दिन थी।

—और फिर जब वह निम्मी से निर्मला बन गई, दूध से चाय पीने की उमर आ गई, तो उसे महसूस हुआ कि जिस तरह एक हरियाली उस प्याले की तह में जमी हुई थी, उसी तरह एक हरियाली उसके दिल की अन्दरूनी तहों में उग आई थी। तब से उसकी जवानी को किसी उसका इन्तज़ार होने लगा था जिसके होंठ उसके दिल के लबरेज़ प्याले को पी लें और उसकी हरियाली का जादू खोज लें।—और फिर वह समय भी आया जबकि निर्मला को यकीन हो गया कि उसके दिल के भरे हुए प्याले को पीने के लिए कहीं कोई नहीं था। और फिर जब अपने दिल के प्याले को घूंट-घूंट खुद ही पी लिया, तो उसे लगा कि नीचे की तह में हरियाली का टुकड़ा उगा

नहीं था, बल्कि कैद था, और उसे इस कद से कोई नहीं छुड़ा सकता था।

—और निर्मला जब निम्मी थी, वह सितारों को निहारती नहीं थी, बल्कि उनमें से अपने लिए एक तारे को चुना करती थी। सबसे बड़ा तारा, और सबसे ज़्यादा उजला तारा। और फिर जब निम्मी से निर्मला बनी तो वह मर्दों में से भी उस मर्द का चेहरा खोजने लगी जो सबसे ज़्यादा दिलकश और उजला हो। और फिर वह समय भी आया जबकि निर्मला को यकीन हो गया कि उसका अपना तसव्वर ही वह तारा था, जो तारों से भरपूर आसमान में सबसे बड़ा था और उजला था।

—और निर्मला जब निम्मी थी वह धूप को सेंकती नहीं थी, पीती थी। और जिस दिन बड़े-बड़े बादल आकर सूरज को ढंक लेते थे और सूरज दिखाई न देता तो उसके दिल में आता कि उसे सूरज को एक खत लिखना चाहिए। और फिर जब उसने खत लिखना सीखा था तो उसे मालूम हुआ कि सूरज को खत नहीं लिखा जा सकता। उसे एक ऐसे चेहरे की तलाश रहने लगी जिसका ताब सूरज जैसा हो और जिसे खत लिखते हुए उसे महसूस हो कि वह सूरज को खत लिख रही है।—गली से पार एक घर की छत पर एक लड़का छुट्टी के दिन मेज़ पर किताबें रखकर कई-कई घंटे पढ़ा करता था। निम्मी को वह खूबसूरत लगता था। छुट्टी के दिन वह कभी-कभी पतंग भी उड़ाया करता था। एक दिन पतंग उड़ाते हुए वह कितनी ही देर निम्मी की तरफ देखता रहा, और फिर उसने डोर से झटका देकर पतंग निम्मी के कन्धों पर गिरा दिया। निम्मी ने पतंग को अपने हाथों में ले लिया और पैंसिल से उसपर एक छोटा-सा खत लिख दिया, "तुम हर रोज़ छत पर उसी तरह आया करो जैसे कि सूरज आसमान पर आता है।" यह लिखकर उसने दोनों हाथों से पतंग हवा में छोड़ दिया था। लड़के ने डोर खींच ली। निम्मी का लिखा सन्देशा पढ़कर उसने अलग कागज़ पर एक खत लिखा और उसे पतंग की कन्नी से बांधकर उसको हवा में छोड़, फिर निम्मी के कन्धों पर

गिरा दिया। निम्मी ने पतंग से खत खोल लिया और नीचे अपने कमरे में चली आई। खत निम्मी के हाथों से फिसलकर फर्श पर आ गिरा। उस लड़के को खत लिखकर निम्मी को लगा था जैसे उसने सूरज को खत लिखा हो। पर उसका जवाब पढ़कर उसे लगा जैसे उससे सूरज का पता गलत लिखा गया हो। क्योंकि जवाब में जो खत आया था, वह सूरज का नहीं था। वह स्कूली लड़कियों का पीछा करने वाले आम लड़कों में से एक लड़के का खत था। निम्मी ने खत फाड़कर फेंक दिया। उसने उस वक्त छत पर जाना छोड़ दिया जबकि उस लड़के के वहां होने की सम्भावना होती। और फिर वह समय भी आया जबकि निर्मला को यकीन हो गया कि किसी रूमानी कहानी का 'हीरो' कहानी से उठाकर अपनी बगल की कुर्सी पर नहीं बिठाया जा सकता।

पर जवानी की उमर वह उमर होती है जबकि बीता हुआ समय पीछे नहीं छूटता। आदमी पल-भर रुककर उसके बारे में सोचने लगता है कि अचानक ही समय उसकी बगल से होकर उसके आगे चला जाता है, और फिर उसका भविष्य बनकर उसके सामने आ जाता है। निर्मला के साथ यह भी हुआ था।

निर्मला के कालेज का एक प्रोफेसर था। निर्मला ने कदर से उसकी तरफ देखा था। पर फिर जब वह निर्मला के नाम के साथ अपना नाम जोड़कर बड़े शोख किस्म के किस्से गढ़ने लगा तो निर्मला उसके लिए अपनी आंखों में बिठाई कदर पर हैरान होकर रह गई थी।

और एक अन्य आदमी ने निर्मला के मन पर मिन्नतों का इतना बोझ डाल दिया था कि उसे अपना आप उस भार के नीचे टूटता हुआ महसूस हुआ था। कुछ दिनों बाद निर्मला ने देखा कि उसकी मिन्नतें धमकियों में बदल गईं। और फिर निर्मला मिन्नतों और धमकियों का फर्क जानने के लिए एक तरफ हटकर खड़ी हो गई थी।

और फिर निर्मला को महसूस हुआ था कि औरत को जीतने में या उसे समझने में किसी मर्द की दिलचस्पी नहीं। मर्द की दिलचस्पी सिर्फ औरत को छीन लेने में है।

उमर का वह पड़ाव भी होता है जब इन्सान अपने-आपको खुश रखने की कोशिश करता है, पर फिर वह समय भी आता है जब इन्सान को खुशी का झूठ बोलने की ज़रूरत नहीं रहती। इन्सान उदासी का सच बोलने लगता है। निर्मला भी अपने-आपसे उदासी का सच बोलने लगी थी। इसीलिए उसने अपने मन की तलाश छोड़कर अपनी मां के कहने पर चुपचाप विवाह कर लिया था। उसे लगा था कि मर्दों की सिर्फ शक्ल अलग-अलग होती है। सोचने और बोलने का तरीका सबों का एक जैसा होता है। अगर यही एक जैसा है तो फिर कोई भी हो···

और निर्मला के हर अहसास ने अपने लिए कबर खोदना सीख लिया था। उदासी, जो चेहरों पर लटकती रहती है, निर्मला को अहसास की उस लाश-सी लगती थी, जिसे कोई दफनाना भूल जाए। निर्मला को यह अच्छा नहीं लगता था। इसलिए उसके चेहरे पर लटकती उदासी किसीने नहीं देखी थी। और उसके हर अहसास ने यह भी सीख लिया कि वह जब भी मरता तो अपने लिए कबर खोद लेता और अपनी लाश को उसमें छुपा देता।

निर्मला ने ज़िन्दगी-भर कभी किसीको खत न लिखा। लिखना चाहती हुई भी वह लिख न पाती तो उसे महसूस होता कि उसका खत जैसे मर गया हो। वह एक कापी में नज़्में लिखने लगी थी। हर नज़्म जैसे एक कबर हो जिसमें वह मरे हुए खत को दफन कर देती थी।

···साल पर साल बीतता गया। निर्मला ने अपनी कोई कविता कभी किसीको न दिखाई। उसने अपनी कहानी कभी खुद से भी न दुहराई थी। पर आज उसका उन्नीस साल का बेटा उसके सामने खड़ा था।

"कमलेश्वर ! तेजी तुम्हारी दोस्त है ?"

"दोस्त नहीं कह सकता, सिर्फ परिचित है।"

"आज फिर उसका खत आया है, पिछले हफ्ते भी आया था।"

"पिछले खत का मैंने जवाब नहीं दिया था।"

"क्यों ?"

"जवाब देने का फायदा ही क्या था···"

"एक बार तुमने कहा था कि वह तुम्हें अच्छी लगती है···"

"कहा था···पर मम्मी, मुझे लगता है कि कोई लड़की कभी मेरी दोस्त नहीं बन सकेगी। सबकी शक्ल अलग-अलग होती है, पर सबके सोचने-बोलने का तरीका एक जैसे होता है···मैंने उसे एक खत लिखा था, लगता है उसे वह समझ में नहीं आया। सुनाऊं आपको ? ···मैंने उसे लिखा था कि तुम्हें खत लिखना ऐसे है जैसे कोई अपने घर में दाखिल हो रहा हो, जहां दरवाज़ा खटखटाने की भी ज़रूरत न हो···मेरे कमरे में इस समय बिथोविन का संगीत बज रहा है। मेरे मन में हरएक कल्पना उस संगीत पर धीरे-धीरे नाच रही है···और जवाब में उसने जो खत लिखा उसमें सिर्फ मौसम का हाल था। मुझे लगा कि जो खत लिखकर मैं उसके दरवाज़े के अन्दर दाखिल हुआ था, उसका जवाब पढ़कर उसी दरवाज़े से लौट आया हूं। वह मेरा घर नहीं, कोई बेगाना घर रहा होगा।··· इस तरह किसीको खत लिखने से तो मैं कोई नज़्म ही लिख लेता···"

"कमलेश्वर···नज़्म···" निर्मला के गले से उसकी आवाज़ इस तरह लड़खड़ाकर निकली जैसे वह अपने गहरे में कहीं चोट खा गई हो, या उसकी बहुत पुरानी चोट का दर्द जाग उठा हो···

रेज़गारी

यह उस औरत की कहानी है जिसका करीबी दोस्त होने का दावा कई लोगों की ज़बानों पर है। पंजाब थिएटर के लोग शाम को रोज़ काहवाघर में जमते हैं। लोगों का कहना है कि अगर कोई शहर की, खास तौर पर उस काहवाघर की हवा को नफियाता रहे तो इस दोष से सम्बन्ध रखती एक नई खबर वह हर चौथे दिन सूंघ सकता है। मालूम नहीं इन दावों में कितनी असलियत है, और कितना झूठ, इसलिए यह कहना ज़्यादा मुनासिब होगा कि यह कहानी उस मर्द की है जो कभी सचमुच उस औरत का करीबी दोस्त था, पर जिसकी दोस्ती के दावे को शहर या काहवाघर की हवा ने कभी नहीं सूंघा। मैं इस दोस्ती की बात जानती हूं, क्योंकि मैं उसके दोस्त की दोस्त हूं।

उसका नाम दानवीर है। कल मैं और मेरा दोस्त सती, हम दोनों करीब एक साल बाद दानवीर के शहर आए थे और उससे मिल रहे थे। इस अर्सा-साल में हमारे और दानवीर के बीच खतों का सिलसिला हमेशा की तरह कायम रहा था। पर हम यह जानते थे कि उसकी काम में रुचि नहीं रही थी जिसके कारण हमारे दिलों में कितने ही दिनों से एक फिकर रींगता चला आ रहा था। खतों में हम जब भी इस फिकर की बात करते तो जवाब में उसका खत पढ़कर हमें लगता था कि फिकर की कोई बात नहीं। दानवीर कभी बहुत अच्छी कहानियां लिखा करता था। पर अब काफी

अर्से से उसने कोई कहानी नहीं लिखी थी। हम उसे नई कहानी लिखने के लिए कहते तो वह इस बात का पक्का इकरार कर लेता था। नतीजन कितने ही अर्से से हम उसे याद दिलाते आ रहे थे और वह इकरार करता चला आ रहा था। इसलिए हमें जब भी उसका खत मिलता, बेशक कुछ देर के लिए ही हमें महसूस होता कि फिकर की कोई बात नहीं, पर कुछ देर बाद बात कहीं की वहीं आ रहती थी।

"उसकी कलम में स्याही जम गई है। स्याही यूं ही नहीं जम जाती, कोई बात ज़रूर है।" मेरे दोस्त का कहना था और हमें लगने लगता कि कोई बात ज़रूर है, और है भी वहीं की वहीं। वह सिर्फ अपने खत का हाथ आगे बढ़ाकर बात को कुछ देर के लिए इधर-उधर कर देता था।

इस बार हम उसे मिलने आए तो हम जानते थे कि वह इस बात को सुनकर इतना ज़ोर से हंसेगा या कोई ऐसा चुस्त जवाब देगा कि हमें महसूस होने लगेगा कि कोई बात नहीं। पर हम यह फैसला करके आए थे कि वह जब किसी हंसी या किसी चुस्त फिकरे का हाथ बढ़ाकर बात को इधर-उधर करेगा तो हम बात को पकड़कर फिर उसकी जगह पर ला रखेंगे। दानवीर हमारा बहुत प्यारा दोस्त है। जो बात उसकी कलम की स्याही की तरह उसके मन में भी जम गई थी, उसे हम पिघलाना चाहते थे और पोंछ देना चाहते थे।

"छोड़ो सती ! कोई और बात करो। जो बात कब की खतम हो चुकी हो उसका क्या करना है।" दानवीर ने कॉफी का घूंट लेते हुए कहा। सतीन्दर उसका और मेरा साझा दोस्त है। इसलिए हम दोनों सतीन्दर को सती कहकर बुलाते हैं।

"पर जो बात खत्म हो चुकी हो, उसे दोहराने से कोई नहीं घबराता। तुम इस बात से घबराते क्यों हो ?" सती ने जवाब दिया।

"मैं घबराता नहीं—" दानवीर जल्दी से बोला। कुछ देर बाद सधी हुई आवाज़ में उसने फिर कहा, "हम बहुत देर के बाद

मिल रहे हैं, सिर्फ यह सोचता हूं कि हम अपना वक्त गुज़रे और खोए हुओं के नाम क्यों करें।"

"तुम्हारा क्या ख्याल है, खो जाने वाले हमेशा के लिए खो जाते हैं?"

"मैं किसीको एकदम नहीं खो सकता। पर जब एक बार फैसला कर लूं तो हमेशा के लिए खो देता हूं। वैसे इस फैसले पर पहुंचने में मुझे बहुत समय लगता है। जिस लड़की के साथ, तुम मेरी दोस्ती की बात करते हो, उसकी दोस्ती को खोने का फैसला करने में मुझे चार साल लग गए हैं। चार साल बहुत होते हैं। पर एक बार फैसला कर लेने पर अब उसके बारे में कोई सवाल ही बाकी नहीं रहा।"

"पर क्या कभी ऐसा नहीं होता, कि जो हमेशा के लिए खो गए लगते हैं, वही एक दिन अचानक हमें अपने मन में इस तरह मिल जाते हैं कि···"

सती के अधूरे वाक्य को पकड़ते हुए मैंने कहा, "ऐसा अक्सर होता है दानी ! वे चाहे दो पलों के लिए ही हमें हासिल हों, पर उन दो पलों में यह महसूस होने लगता है कि वे दो पल सारे के सारे मन पर इस तरह छाए हुए हैं कि अपने पांव धरने के लिए भी जगह खाली नहीं दिखती।"

दानवीर को हम, उसके दोस्त अक्सर दानी कहकर बुलाते हैं। दानी मुस्करा पड़ा और बोला, "नहीं, मेरे साथ यह कभी नहीं हुआ। पिछले दिनों की बात है कि उसने मुझे फोन किया। उसे एक किताब चाहिए थी। यह किताब बाज़ार में नहीं थी। वह जानती थी थी कि यह किताब मुझसे मिल सकती है।"

"शायद वह तुमसे बात करने का मौका ही तलाश कर रही हो···" सती ने बीच में टोककर कहा।

"शायद—पर मैंने उसे एक लाइब्रेरी का पता बता दिया और फोन बन्द कर दिया। एक दिन वह मेरे दफ्तर भी आई थी। दफ्तर अभी बन्द हुआ ही था। दरवाज़े से बाहर निकलते हुए मैंने उससे पूछा कि उसे कहां जाना है। उसने देवनगर बताया।

मैंने सामने की सड़क पर देखा कि चौबीस नम्बर बस खड़ी थी। मैंने उसे जल्दी में कहा कि वह इस बस पर चली जाए, नहीं तो दूसरी बस बड़ी देर के बाद मिलेगी।"

"तो तुमने जल्दी से बस में चढ़ा दिया। उसके साथ कोई बात न की —उसे कोई बात करने का मौका न दिया।" सती ने उदास होकर कहा।

"हां।"

"पर तुमने यह नहीं सोचा कि तुम्हें जल्दी करने की ज़रूरत क्यों पड़ी?—इस तरह की जल्दी आदमी दूसरे से नहीं, अपने से घबराकर करता है—"

"सती! फलसफे इस तरह नहीं घड़े जाते—" दानी ने कहा। उसकी आवाज़ में अकुलाहट थी।

"मैं किसी फलसफे को घड़ने की कोशिश नहीं कर रहा हूं, तुम्हारे फलसफे को समझने की कोशिश कर रहा हूं—" सती मुस्कराकर बोला।

हम तीनों 'वोलगा' में बैठे कॉफी पीते हुए बातें, कर रहे थे। सती दानी से बातों में लगा हुआ उसका फलसफा समझने की कोशिश कर रहा था और दानी सती पर उन्हीं बातों में से फलसफा निकालने का दोष लगा रहा था। मुझे एक क्षण के लिए महसूस हुआ कि कॉफी का प्याला ज़रूरत से ज़्यादा सीत गया था। हाथ में पकड़ा हुआ चिकन सैंडविच ज़रूरत से ज़्यादा सख्त हो गया था। मैंने दानी की तरफ देख हंसकर कहा, "किसी फिलासफर ने कहा है कि दुनिया के तवारीखी हादसे हमेशा उन औरतों और मर्दों के दरमियान घटित होते हैं, जो औरतें 'हिस्टेरीकल' हों और जो मर्द उनके जज़बों से बेखबर हों।"

"केसू!" दानी हंसकर मुझसे बोला, "मैं मानता हूं वह लड़की हिस्टेरीकल है, और मैं यह भी मानता हूं कि मैं उसके जज़बों से अब बिल्कुल बेखबर हूं। पर मैं इस बात का तुम्हें यकीन दिला सकता हूं कि दुनिया का कोई तवारीखी हादसा अब कभी घटित नहीं होगा।"

मैं दानी की तरफ देख रही थी, मुझे लगा कि सती भी उसी

तरफ देखने लगा है। फिर हमने एक-दूसरे की तरफ देखा। और फिर सती ने एक बार बिजली के दूधिया बल्ब की तरफ देखकर दानी की तरफ देखा और बोला, "पता नहीं, इस बल्ब की रोशनी कैसी है। इसमें खामखाह चेहरे का रंग फीका दिखाई देता है।

"तुम्हारा मतलब है कि यह बात करते हुए मेरे चेहरे का रंग फीका पड़ गया है?" दानी ने कुछ बौखलाकर कहा।

"कम से कम गहरा नहीं हुआ।" सती हंस पड़ा।

"गहरा होना भी नहीं चाहिए। क्यों?" दानी ने जवाब दिया और कॉफी पीने लगा।

"मेरा ख्याल है कि ज़िन्दगी के बुझे हुए और धूमिल अक्षरों को पढ़ते समय अपनी नज़र का रंग गहरा करना पड़ता है।" सती ने कॉफी का घूंट लेते हुए धीमी आवाज़ में कहा, जैसे वह दानी को ज़िन्दगी का राज़ बता रहा हो।

"पर जिन अक्षरों को मैंने बुझा दिया, उन्हें फिर से पढ़ने की कोशिश मैंने कभी नहीं की—" एक झीनी मुस्कान के पीछे से दानी बोला।

"शायद इसलिए कि—" मैंने बीच में कहा, "वे अक्षर तुम्हें ज़बानी याद हो गए हैं।"

"इस बात का क्या सबूत है?" दानी ने मेरी तरफ मुड़कर पूछा।

"सुबूत? —मसलन यही कि तुमने अभी कहा था, "मैं तुम्हें यकीन दिला सकता हूं कि अब दुनिया का कोई तवारीखी हादसा घटित नहीं होगा।' यह बात कहते हुए शायद तुमने ख्याल नहीं किया, कि तुमने इस फिकरे में 'अब' शब्द कहा है। इसका मतलब है कि हादसा घटित हो सकता था, पर 'अब' घटित नहीं होगा। और जब किसी चीज़ के घटित होने की संभावना नहीं हो, तो उसके घटित न होने का पछतावा कहीं न कहीं ज़रूर बच रहता है।"

"बेशक एक दाग की तरह ही रहे, और चाहे पछतावे के सारे नोट खर्च कर रेज़गारी की तरह ही कुछ न कुछ जेब में बचा रह

जाए।" पास से सती बोला।

"अभी पिछले दिनों मैंने एक उपन्यास पढ़ा था।" दानी मुस्कराकर बोला, "उसमें एक पात्र को 'साइकिया ट्रिस्ट' के पास ले जाया जाता है। पात्र जानता है कि वह डॉक्टर उससे जब सवाल पूछेगा या उसके सपनों को पूछेगा तो चाहे वह कोई भी जवाब दे, पर वह डाक्टर हरएक बात का सम्बन्ध 'सैक्स' से जोड़ देगा। इसलिए डाक्टर ने उससे जब कुछ पूछना शुरू किया तो वह मरीज़ बीच में ही बोल उठा, 'हां डाक्टर साहब। हर चीज़ से मुझे सैक्स का ख्याल होता है।' इसलिए अगर आप चाहें तो मैं तमाम हथियार डालकर कह देता हूं कि उस लड़की को आज तक मैं नहीं भूला हूं।" दानवीर हंसा और फिर कुछ गंभीर होकर बोला, "पर बात यह है कि याद रखने योग्य उसका कुछ है ही नहीं।"

"फिर भी तुम्हें फैसला करने में चार साल लग गए! " सती हंसकर बोला।

"वास्तव में इन्सान जो कुछ किसीमें देखता है, यह वह नहीं होता जो वह देख रहा होता है, यह वह होता है जो वह देखना चाहता है," दानी ने सती की हंसी को अपने सूखे होंठों पर ओढ़कर कहा, "मैं वही देखता था, जो मैं देखना चाहता था, वह सब मुझे नज़र नहीं आता था, जो मैं देखना नहीं चाहता था···अब उसकी और उसके नये दोस्तों की मेहरबानी कि मुझे वह भी दिखाई देने लगा है जो मुझे नहीं दिखता था।"

"हो सकता है वह किसी चीज़ का उल्टा पासा हो। और जिस चीज़ का उल्टा पासा हो, उसकी कोई सीधी तरफ भी होती है।" कहते-कहते सती की आंखों में एक चमक आ ठहरी और उसने इन चमक-ठहरी नज़रों से दानी की ओर देखा।

"पर अब उसकी सीधी तरफ को याद करके क्या किया जा सकता है।" दानी ने काफी लम्हों के बाद धीरे से इस तरह कहा जैसे उसके सिर्फ होंठ फड़के हों, बोला कुछ न हो।

सती की आंखों में कितना ही कुछ चमक आया था, दानी की आंखों में कितना ही कुछ बुझ गया था। मैंने एक-एक कर दोनों की

तरफ देखा और धीरे से कहा, "पर दानी ! तुम्हारे पैरों के नीचे और उस लड़की के पैरों के नीचे वह ज़मीन तो होगी जहां खड़े रहकर तुम दोनों ने ज़िंदगी के कई साल गुज़ारे। हवा में पैर लटकाकर साल नहीं गुज़रते।

दानी कुछ देर चुप रहने के बाद बोला, "यह ज़मीन किसीकी पीड़ा को पहचानने की थी।" इसके बाद दानी ने अपनी ही आवाज़ में डूबकर कहा, "मुझे मिलने से पहले उसने किसीसे मुहब्बत की थी। मुहब्बत का पाना और खोना वह देख बैठी थी। वह अपनी ज़िन्दगी के खोए हुए लमहों की रखवाली में बैठी हुई थी। वह चाहती थी कि उसके दर्द को पहचानकर और हमेशा उसके पास खड़ा रहकर उसकी तरह ही उन पलों की रखवाली करूं। मैंने उसे यह विश्वास दिया था। यह विश्वास उसे और कोई नहीं दे सकता था, इसलिए मेरा ख्याल था, कि उसे मेरी ज़रूरत हमेशा बनी रहेगी।"

"और शायद तुम्हारा यही कसूर हो कि तुम्हारे हाथों कभी यह विश्वास नहीं टूट पाना था।" सती ने कहा। दानी ने एक बार क्रोध की नज़र से उसकी ओर देखा और फिर हंस पड़ा, बोला, "अब यही लगता है कि उसे सिर्फ उन्हीं दोस्तों की ज़रूरत थी जो इस विश्वास को तोड़ सकें।" और फिर तड़की हुई हंसी से दानी बोला, "सती ! अगर तुम कहीं शाम को थियेटर वाले लोगों से मिलो तो सुन सकते हो कि हर ऐरे-गैरे के होंठों पर उसका नाम है।"

"पर अब तुम्हारी ज़बान पर अगर उसका नाम नहीं तो तुम्हें क्या। किसीकी भी ज़बान पर उसका नाम रहे ! " सती ने जवाब दिया

"अगर कहीं वह मुझसे अच्छा दोस्त खोज लेती, सच कहता हूं, मुझे कोई दुःख न होता।" दानी ने कहा। वह अपने दाहिने जबड़ों पर अपनी जीभ को इस तरह फेरने लगा जैसे सैंडविच के मांस का एक टुकड़ा उसके जबड़ों में फंस गया हो।

"मांस के कुछ टुकड़े किस तरह व्यर्थ रह जाते हैं किसीके अन्दर जाकर खून की एक बूंद भी नहीं बनते। यूं ही दांतों और

जबड़ों में खो जाते हैं।" मुझसे कहा गया। दानी कितनी ही देर बिना कुछ कहे मेरी ओर देखता रहा।

बैरा अभी-अभी बिल रखकर गया था। दानी ने एक नज़र बिल की ओर देखा और दस का एक नोट प्लेट में रखते हुए बोला, "अब चला जाए।"

"बाकी पैसे तो वापस ले लो" सती ने आधा उठते हुए कहा। दानी अपनी कुर्सी से उठ खड़ा हुआ था।

"यूं ही थोड़े-से बचते होंगे।" दानी ने इस तरह कहा, जैसे वह बहुत जल्दी यहां से निकल जाना चाहता हो।

मैंने सती की तरफ देखा और सती ने मेरी तरफ जैसे हम एक-दूसरे से कह रहे हों, दानी ने अपनी याद के सारे नोट खर्च दिए थे। पर उसके पास जो रेज़गारी बच गई थी, उसे वह खर्च नहीं कर पाता था। इस दस के नोट का बाकी वह इसी जगह छोड़ जाना चाहता था। शायद वह सोचता था कि इस तरह उसकी याद की रेज़गारी भी आज चुक जाएगी...

बुत या चेन

मुझे फिल्मों का नाम अच्छी तरह याद नहीं; पर बात बड़ी अच्छी तरह याद है। तब मैं कालेज में पढ़ती थी। शहर में दो बड़ी अच्छी फिल्में चल रही थीं। हम पांच-छः लड़कियों ने मिलकर उस दिन फिल्म देखने की सोची। पर हममें से कुछ लड़कियां जिस फिल्म को देखने के हक में थीं, दूसरी लड़कियां उस फिल्म को छोड़कर दूसरी फिल्म देखने के हक में थीं और हम फैसला नहीं कर पा रही थीं कि हम दोनों फिल्मों में से कौन-सी फिल्म देखने जाएं। बहस बढ़ती जा रही थी। एक फिल्म शायद 'लेडी हैमिल्टन' थी या 'गौन विद द विंड' थी और दूसरी फिल्म 'ए टेल आफ दी टू सिरीज़' थी। कुछ लड़कियां एक फिल्म की कहानी को सराह रही थीं और कुछ लड़कियां दूसरी फिल्म की तारीफ कर रही थीं। यह बहस बढ़ते-बढ़ते यहां तक पहुंच गई कि दोनों पक्षों के लिए हत्तक-इज़्ज़त का सवाल बन गया। सब लड़कियां अपनी-अपनी जज़बाती ज़िद पर अड़ी हुई थीं कि निर्मल ने इत्मीनान से कहा, "सुनो ! हम टास क्यों न कर लें?" और जेब में से चांदी का एक रुपया निकालकर बोली, "बोलो, बुत किसका है और चेन किसकी ?" हम सब लड़कियों को एक मिनट के लिए निर्मला की बात बड़ी अजीब लगी पर फिर हमें मन ही मन लगा कि ऐसा करने से दोनों पक्षों की बात रह जाएगी। किसीको भी दूसरे के आगे झुकना नहीं पड़ेगा। जिसने बाज़ी जीत ली उसकी जीत भी क़िस्मत के हाथ और जिसने बाज़ी हार

दी उसकी हार भी किस्मत के नाम।…और निर्मला ने जब रुपये को ज़मीन पर गोल घुमाकर एक फिल्म देखने का निर्णय कर दिया तो यह फैसला हम सब लड़कियों ने मंज़ूर कर लिया।

एक बार फिर यही हुआ। हम सब लड़कियों ने पिकनिक का इरादा किया। यह फैसला बड़ी जल्दी हो गया कि कौन-सी लड़की अपने घर से आलुओं के परांठे बनाकर लाएगी और कौन-सी लड़की गोभी वाले परांठे। पूरी-छोले कौन-सी लड़की लाएगी और कौन-सी लड़की फल लाएगी और साथ ही चाय का इन्तज़ाम किसे करना था। पर पिकनिक पर जाने की सारी तैयारी धरी रह गई क्योंकि हम यह फैसला न कर सकीं कि हम ओखला जाएं या कुतुब। बहस फिर बड़ी जज़्बाती हो गई थी। यहां तक कि कहीं भी जाने के उत्साह की जगह सबमें अपनी बात रखने का उत्साह ही रह गया था। उस दिन भी निर्मला ने फैसले की वही तरकीब निकाली जो कुछ दिन पहले उसने फिल्म के फैसले के लिए निकाली थी।

और फिर…मुझे याद है, हमारे कालेज की एक प्रोफेसर मिस वर्मा का विवाह होना था। हम सब लड़कियों ने विवाह में एक तोहफा देने की बात सोची। हम सबने पांच-पांच रुपये मिलाए। रुपये इकट्ठे हो गए पर यह फैसला नहीं हो रहा था कि तोहफे में हम एक घड़ी खरीदें या एक बढ़िया पेन। उस दिन हमें अधिक बहस करने की ज़रूरत नहीं पड़ी। सब लड़कियों के मुंह से सहज ही निकला कि 'निम्मी-ढंग' इस्तेमाल कर लें। बुत आए तो घड़ी खरीद लें, चेन आए तो पेन खरीद लें। निर्मला को हम सब लड़कियां निम्मी कहकर बुलाती थीं। उस दिन से हर फैसले के तरीके का नाम पड़ गया—'निम्मी-ढंग'। धीरे-धीरे हमारे कालेज में यह 'निम्मी-ढंग' फैशन के रूप में निकला।

"निम्मी तुम सारे फैसले इसी तरह करोगी ?" एक दिन निर्मला से पूछा।

"हां।"

"सारे फैसले ?"

"आज सबेरे मेरा छोटा भाई दूध नहीं पी रहा था। वह चाय

मांगता था और मां चाय नहीं देना चाहती थी। दूध का गिलास ठंडा हो रहा था। मैंने उसे इस बात पर मना लिया कि अगर बुत आएगा तो वह दूध पिएगा और अगर चेन आए तो वह चाय पिएगा। मैंने रुपये को उसके सामने रखकर घुमाया। बुत ऊपर आ गया और वह चुपचाप दूध का गिलास पीने लगा।" निर्मला ने हंसते हुए कहा, "कितना आसान तरीका है।"

"तुम अपने विवाह का फैसला भी इसी तरह करोगी ?" मैंने निर्मला से मज़ाक किया।

"इसी तरह करूंगी, और किस तरह करूंगी? कौन सोचों में पड़ा रहे।"

मैं उस दिन निर्मला के मुख की तरफ देखने लगी थी। एक ओर मैं सोच रही थी कि निर्मला कितनी 'नौन-सीरियस' लड़की है, और दूसरी ओर मैं सोच रही थी कि उसने ज़िन्दगी की हर मुश्किल को कितने आराम से आसान बना लिया था।

फिर सुना कि निर्मला के पिताजी ने निर्मला के विवाह के लिए एक लड़का पसंद कर लिया था। मैंने निर्मला से पूछा। उसने बताया था कि उसे सचमुच लड़के के बारे में कुछ भी पता न था।

"तुम उससे एक बार मिलोगी भी नहीं ? "

"क्या करूंगी मिलकर ?"

"दूर से देखोगी भी नहीं ?"

"क्या करूंगी देखकर? "

मेरे मन में अपने होने वाले खाविंद के बारे में कई तरह के नक्शे उभरते थे, कई तरह के सपने बनते थे और मेरा ख्याल था कि हर जवान लड़की के मन में इस तरह ही होता होगा। पर मैं हैरान थी कि वह निर्मला कैसी थी। या तो यह लड़की नहीं थी और या यह जवान नहीं थी। पर निर्मला लड़की भी थी और जवान भी थी। सुन्दर भी बेहद थी। फिर वह किस तरह ऐसा कह सकती थी !

मुझे एक दिन निर्मला की मां ने बुलाया। मैं उसे 'मौसीजी' कहा करती थी। उसने मुझसे निम्मी के विवाह की बात की और मैंने अपने मन का सारा रोष अपनी इस 'मौसीजी' पर उंडेल दिया,

"यह कहां का ढंग है मौसीजी। निम्मी कालेज में पढ़ी-लिखी है। आखिर उसके भी सपने होंगे। उसने सारी उमर जिस आदमी के साथ गुजारनी है, आपने उसकी शक्ल भी उसे नहीं दिखाई। एक अपढ़ लड़की की तरह उसका मुंह-सिर लपेटकर उसे डोली में डालने जा रही हो। अगर आपको ऐसी बेटी मिल गई है जो आपके सामने ज़बान नहीं खोलती तो इसका मतलब यह नहीं कि···"

निर्मला की मां ने मेरी बात बीच में ही काट दी और मेरी पीठ दुलराकर बोली, "बेटी ! क्या मैं नाबर हूं किसी बात से ? निम्मी जो कुछ कहे मैं वही उसके आगे हाज़िर कर दूं। अगर उसे नामंजूर हो तो दरवाज़े पर आई बारात लौटा दूं। मुझे तो न कोई जाति का भ्रम है और न बड़े घर का लालच। पर वह कुछ कहे तो सही। वह तो कहती ही कुछ नहीं। मैंने तुम्हें इसीलिए बुलाया है कि यह लड़के की तसवीर उसे दिखा दो। मेरे कहने पर तो उसने तसवीर भी नहीं देखी।"

"तसवीरों से क्या पता लगता है मौसीजी ! तसवीर में तो काले भंवर भी गोरे गुलाब दिखते हैं। और साथ ही किसीका मन तसवीरों में मिल सकता है ? जब तक कोई बातें करके न देखे···"

"बेटी ! मैं कब इन्कार करती हूं। निम्मी उससे मिलना चाहती है तो मैं उसे आज बुला देती हूं।"

जो कुछ निर्मला की मां ने कहा, मुझे बिल्कुल उम्मीद नहीं थी कि वह इस तरह कहेगी। इसलिए मेरा सारा गुस्सा उससे टलकर निर्मला पर बरस पड़ा। मैंने निर्मला के कमरे में जाकर तसवीर उसके आगे फेंक दी और गुस्से में कहा, "ले, कर ले अपनी किस्मत का फैसला, अगर फैसला इसी तरह करना है तो।"

निर्मला ने तसवीर से मुंह घुमा लिया और अपने सिरहाने के पास रखा हुआ एक चांदी का रुपया हाथ में लेकर घुमाने लगी, "अगर बुत आया तो हां समझना, चेन आए तो नहीं।" रुपया कुछ चक्कर काटकर ज़मीन पर टिक गया। ऊपर की तरफ बुत था। निर्मला ने एक नज़र रुपये पर डाली और मुस्कराकर बोली, "ले, मैं क्या करूं ! बुत आ गया है। हां तो हो ही गई।"

मन में आया कि यह बुत उठाकर निर्मला के सिर में दे मारूं और कहूं, 'जा फिर मर जाकर। अगर वह कहीं बुरा-भला निकल आया तो सारी उमर उसके सिर को भी रोती रहना और इस बादशाह के सिर को भी।' उन दिनों चांदी के रुपये पर 'किंग एडवर्ड' की तसवीर होती थी।

निर्मला का विवाह हो गया। विवाह के समय में उसके खाविंद गिरधर कपूर को जितना देख पाई देखा कि वह एक बड़े सरकारी अफसर की तरह बड़ा रूखा और घुटा-घुटा-सा आदमी था। शक्ल से अच्छा था पर मैं समझ नहीं पा रही थी कि निर्मला गालिब की जिन नज़मों को भीगी हुई आवाज़ में गाया करती थी, खासकर उस गज़ल को, "यह वह आतिश है गालिब जो लगाए न लगे और बुझाए ना बने," उस गज़ल का क्या होगा।

पता चला कि निर्मला 'हनीमून' के लिए नैनीताल गई थी। मुझे नहीं मालूम कि नैनीताल जाने के लिए निर्मला ने फैसला किया होगा या उसके खाविंद ने। मुझे याद था कि निर्मला ने कश्मीर नहीं देखा था। पर जब भी कभी कश्मीर की बात चलती थी तो निर्मला की आरांखों में एक हाउसबोट तैरने लगता था। मैं कितने दिन सोचती रही कि निर्मला हनीमून मनाने के लिए कश्मीर क्यों नहीं गई और नैनीताल क्यों चली गई थी। फिर मुझे ख्याल आया कि निर्मला की अपने खाविंद से ज़रूर यह बात हुई होगी कि वे हनीमून के लिए कश्मीर जाएं या नैनीताल और फिर उसने ज़रूर टास किया होगा। कश्मीर को बुत की तरफ रखा होगा और नैनीताल को चेन की ओर। और फिर चेन ऊपर आ गई होगी।

कुछ महीने गुज़र गए। न निर्मला ने मुझे कभी खत लिखा, न मैंने ही उसे कभी लिखा। एक-दो बार मुझे निर्मला की मां मिली। वह बड़ी उदास दिखी थी। निर्मला ने अपने मां-बाप को भी कभी खत नहीं डाला था। वैसे उन्होंने सुना था कि निर्मला अपने घर बड़ी सुखी थी। उनकी कोठी बहुत बड़ी और एकान्त में थी। उसके पास तीन नौकर थे और उसके खाविन्द ने पिछले महीने एक और गाड़ी खरीदी थी···और फिर एक दिन निर्मला की मां

ने मुझे बताया कि निर्मला का पांव भारी था इसलिए वह इसी सप्ताह निर्मला को दिल्ली बुला लेगी।

यूनिवर्सिटी जाते हुए निर्मला का घर रास्ते में ही पड़ता था। घर के पास से गुज़रते हुए मेरा मन रोज़ दलीलों में पड़ जाता था। एक पैरे उसके घर की ओर बढ़ता था और एक यूनिवर्सिटी की तरफ। मैं समझ नहीं पा रही थी कि अगर मेरे मन में निर्मला से मिलने की इतनी इच्छा थी तो फिर मैं झिझकती क्यों थी। मुझें लगा कि झिझक ऐसी चीज़ होती है जो अगर काई की तरह पानी पर जमनी शुरू हो जाए तो धीरे-धीरे सारे पानी को अपनी हरियाई परत के नीचे ढंक लेती है। मैं रोज़ निर्मला के घर के पास से गुज़रती, रोज़ मेरे मन के पानी एक बार हिल जाते और रोज़ हरियाई काई का एक और टोटा उन पानियों की सतह पर बढ़ जाता।

एक दिन निम्मी के छोटे भाई ने मेरे पीछे-पीछे दौड़कर मेरे साथ कदम मिला लिए और मुझे बताया कि निम्मी दीदी मुझे घर बुला रही थी।

एकबारगी पानियों पर से काई उतर गई। हाथ छूने की देर थी। उमड़कर निम्मी के पास गई। निम्मी बोली कुछ न, पर आंखों में जो उलाहना भरकर उसने मेरी तरफ देखा तो मेरी आंखें झुक गईं। उलाहने का कर्ज़ा उलाहने से बड़ी आसानी से उतारा जा सकता है। इसलिए मैंने निम्मी से कहा कि उसने मुझे पूरा साल-भर खत क्यों नहीं लिखा ! मेरे पैर रोज़ सोचों में पड़ते थे, पर मैं रोज़ उसके घर के सामने से पांव लौटा लेती थी। निम्मी ने जवाब कोई न दिया। चुपचाप मेरे उलाहने को झेल गई। हंसकर केवल इतना बोली, "अगर यही बात थी तो तुमने वही मेरे वाला तरीका इस्तेमाल कर लेना था···बुत या चेन। या तुम मुझे बिल्कुल मन से बिसार देतीं या चुपचाप मिलने आ जाती।"

निर्मला गुलाबी ऊन का छोटा-सा स्वेटर बुन रही थी। मैंने उसके गदराए हुए जिस्म की तरफ देखा और हंसकर बोली, "यह बेटे का स्वेटर है या बेटी का ? मेरा ख्याल है कि तुमने टास करके यह तो देख लिया होगा कि तुम्हारे घर बेटा होगा या बेटी। अगर

बुत आए तो बेटा है अगर चेन आए तो बेटी…”

मेरी बात पर निर्मला हंस पड़ी, पर निर्मला की मां चुप बनी रही। उसने चिन्तित आवाज़ में मुझे बताया कि निर्मला की सेहत बड़ी खराब थी, उसे दिन ढले रोज़ हल्का-सा बुखार हो जाता था। इन दिनों इस तरह बुखार हो जाना बड़ा बुरा होता है। वह बच्चे के जन्म के बाद ज़रूर उसे किसी पहाड़ पर ले जाएगी। मां ने बेहद उदास होकर कहा, “क्या करूंगी …बेटे-बेटियां…! मेरी निम्मो राज़ी हो जाए।…”

कुछ दिनों बाद निर्मला के घर एक बेटा जन्मा और सुना कि निर्मला का खाविंद बड़ा खुश था। वह रोज़ अपने दोस्तों को एक दावत देता रहा था। पर निर्मला की मां का मन सूखा हुआ था। निर्मला का बुखार उसी तरह निर्मला की हड्डियों में अटका हुआ था। उसका भरा हुआ जिस्म एकबारगी सूखकर चारपाई से लग गया था और उसके मुख पर ज़रदियां उतर आई थीं।

डाक्टरों ने बताया कि निर्मला के एक फेफड़े में पानी पड़ गया था। आपरेशन होना चाहिए था। पर बच्चे के जन्म से निर्मला इतनी कमज़ोर हो गई थी कि कुछ महीने आपरेशन नहीं हो सकता था। मैं रोज़ या दूसरे दिन निर्मला के पास जाती। कई बार उसके लिए फूल ले जाती। उसकी आंखें पिघलकर मेरी तरफ भी देखतीं और फूलों की तरफ भी। पर उसकी ज़बान कभी नहीं पिघली। जाने क्यों मुझे रोज़ ऐसा लगता कि निर्मला की ज़बान पर कोई बात जमी हुई है…निर्मला के गले में कोई बात जमी हुई है…निर्मला की छाती में कोई बात जमी हुई है…निर्मला के फेंफड़ों में कोई बात जमी हुई है”

एक बार मैं निर्मला के पास से उठने लगी तो उसने मेरा हाथ पकड़ लिया।

“मेरा एक काम करोगी ?”

“बताओ।”

“थोड़े-से पैसे तुम्हें खर्च करने होंगे मेरे लिए, मेरी तरफ से।”

“फिर क्या हुआ ?”

"कल तुम छोटा-सा केक ले आओगी ?"

"जरूर ले आऊंगी।"

"मेरी अच्छी बहन⋯!"

निर्मला की आंखें जिस तरह के शुकराने में भर आईं, मुझे वह शुकराना बिल्कुल समझ न आया। निर्मला के पास किस बात की कमी थी। वह मुंह से एक चीज मांगती और बत्तीस हाज़िर होतीं। एक केक⋯एक छोटा-सा केक⋯मैं सारा दिन और सारी रात केक की बात सोचती रही⋯यह कैसा केक था जिसे खरीदने के लिए निर्मला के पास पैसे नहीं थे⋯"

मैंने सुबह उठते ही केक खरीदा। कुछ फूल भी खरीदे और निर्मला के पास चली गई।

निर्मला की आंखें दरवाज़े पर टिकी हुई थीं।

"मुझे डर था कि तुम भूल जाओगी!" निर्मला ने जल्दी में कहा। और साथ ही मुझे दरवाज़ा भिड़काने का संकेत भी किया। तकियों का सहारा लेकर निर्मला चारपाई पर बैठ गई। मैंने एक कम्बल उसके कंधों पर ओढ़ा दिया और एक कंबल उसके घुटनों पर रख दिया।

"आज छब्बीस तारीख है न?"

"छब्बीस जनवरी।"

"केक को एक प्लेट में डालकर मेरे सामने रख दो।"

"मैंने कितने ही केक देखे। मुझे नहीं मालूम था तुम्हें कौन-सी फलेवर पसंद है, चाकलेट, वनीला, कोकोनट⋯।"

"तुम जो भी लाई हो ठीक है। तुमपर मेरा अधिकार है न! जिसकी दोस्ती पर हक हो, उसके पैसों पर भी हक होता है। इसलिए मैंने तुम्हारे पैसे खर्च लिए। मैं तो कुछ कमाती नहीं⋯ इसलिए मेरे पास पैसे नहीं थे⋯"

मैंने निर्मला के मुख की ओर देखा। वह बोली, "और चीज़ों के लिए मैं मिस्टर कपूर के पैसे खर्च सकती हूं, पर इस केक के लिए नहीं खर्च सकती थी⋯"

मेरा कोई भी लफ्ज़ निर्मला से कोई बात इस तरह नहीं पूछ

सकता था जिस तरह मेरी आंखें पूछ रही थीं। उसने मरी आंखों में देखा और बोली :

"आज उसका जन्मदिन है।"

"किसका ? "

"अनवर का।"

"अनवर का ? "

मुझे याद आया कि मैंने अनवर को देखा था। वह कभी निम्मी का दोस्त था। अधिक बार नहीं, सिर्फ दो-एक बार मैंने उसे निम्मी के साथ देखा था। निम्मी से मैंने उसका नाम लेकर एक-आध बार मज़ाक भी किया था। पर इस बात को बड़े साल हो गए थे। इसके बाद मुझे अनवर की बात भूल गई थी।

"निम्मी, तुम अनवर से मुहब्बत करती थीं ? "

"फिकरा तो ठीक बोला करो। 'करती थी' तो एसे पूछ रही हो जैसे अब नहीं करती···पर तुम ठीक कहती हो···अब मैं अनवर से मुहब्बत नहीं करती···अब मैं उससे नफरत करती हूं···"

"यह नफरत का अच्छा सबूत है।" मैंने केक की तरफ इशारा किया और हंस पड़ी। यह हंसी उस रोने से ज़्यादा ढीठ थी जो रोना मेरी आंखों में भर आया था।

"मैंने गलत नहीं कहा। मैं दिन में करीब दस बार उससे नफरत करती हूं। रोटी का एक-एक टुकड़ा मुंह में रखते हुए उससे नफरत करती हूं। मैं ज़िन्दगी की हर चीज़ खरीदते वक्त उससे नफरत करती हूं। मैं सुबह के उगते हुए सूरज को देखकर उससे नरफत करती हूं। मैं रात चांद को देखकर उससे नफरत करती हूं। मैं हर फूल को देखकर उससे नफरत करती हूं। मैं अपने बच्चे का चेहरा देखकर उससे नफरत करती हूं···"

"निम्मी···निम्मी···"

"तू इस नफरत को नहीं समझ सकती ?"

"मैं तुम्हारी मोहब्बत को समझ सकती हूं।"

"अगर मोहब्बत को समझ सकती हो तो नफरत को क्यों नहीं समझ सकती। यह रोटी, जो मैं किसीकी कमाई हुई खाती

हूं, क्या उसे कमाकर नहीं खिलानी चाहिए थी ? वह एक ज़लील आदमी है, बगैरत···मैं हर चीज़ खरीदने के लिए एक गैर से पैसे मांगती हूं···हालांकि वह भी कहीं कुछ कमा रहा होगा।"

"निम्मी ! क्या कह रही हो निम्मी !"

"रोज़ जब सूरज चढ़ता है, रोज़ जब चांद चढ़ता है, मैं सोचती हूं कि मैं उनकी रोशनी में उसका चेहरा क्यों नहीं देख सकती···क्यों नहीं देख सकती···हालांकि वह इस धरती पर अच्छा-भला है, बेशर्म! "

"ओ निम्मी!"

"मेरा बच्चा! ···जो आज किसी गैर मर्द का बच्चा है, वह उसका बच्चा हो सकता था, उसका अपना बच्चा···कम्बख्त बदनसीब था··· मुझे भी उमर-भर के लिए बदनसीब कर दिया।···और वह गीत कहानियां ? बदज़ात कहा करता था, तुम्हारी भूख सिर्फ मेरे ज़िस्म को नहीं मेरी रूह को भी है। जब मेरी बीवी बनकर तुम रात को मेरे बिस्तर पर बैठोगी, मुझे गालिब की गज़ले ज़रूर सुनाना··· मुझे कीट्स की नज़में ज़रूर सुनाना···मुझे गोर्की की कहानियां ज़रूर सुनाना···बदनसीब ! उसने यह भी न सोचा कि और कौन-सी औरत उसके बिस्तर में बैठकर गोर्की की कहानियां सुनाएगी और मैं किसी गैर मर्द के बिस्तर में बैठकर किस तरह गालिब की गज़लें पढ़ूंगी। कश्मीर जाकर उसने हाउसबोट में बैठकर मेरे साथ दुनिया-भर की नज़में पढ़नी थीं··· ।"

निम्मी के दिल में एक तूफान उठा हुआ था, पर उसकी आंखें सूखी थीं। उसकी आंखों में एक भी आंसू नहीं था। मुझे लगा कि उसके सारे आंसू मिलकर उसके फेफरों में पड़ गए थे। डाक्टरों ने कहा था कि निर्मला के बायें फेफड़े में पानी पड़ गया था। यह कोई और पानी नहीं था, उसकी अपनी आंखों का पानी था।

"दिन में मेरे बीस रंग बदलते थे। लगता था कि एक पल में उससे मुहब्बत करती हूं और दूसरे पल नफरत ! जैसे एक पल कोई ठण्डे पांव पानी में पड़ा हुआ हो और दूसरे पल गर्म खौलते पानी में–जब मैं रोज़ सवेरे टास कर लेती हूं, बुत या चेन। अगर बुत आ

जाए तो मैं सारा दिन उसकी मुहब्बत मैं भीगी रहती हू, उसकी छोटी से छोटी बात को अपने मन में मोतियों की तरह पिरोती रहती हूं— और अगर चेन आ जाए तो मैं सारा दिन उसको गालियां निकालती हूं। इन गालियों को मैं इस तरह जपती हूं—जैसे कोई एक सौ एक मनकों की माला लेकर ईश्वर का नाम जपता है— ज़लील कहीं का। मज़हब की एक छोटी-सी दीवार भी वह फांद न सका। कायर, बुज़दिल···।"

एक बीमार और ज़ख्मी जिस्म के होते हुए भी निर्मला का सिर ऊंचा था। मुहब्बत और नफरत की दो परियां निर्मला के कन्धों के पास खड़ी थीं, पर दोनों के सिर झुके हुए थे। निर्मला की आखों में एक भी आंसू नहीं था, पर दोनों परियों की आंखें आंसुओं में डबी हुई थीं।

फ्रायड से लेकर फ्रिजिडेयर तक

"धरती की तरह शायद हर चीज़ गोल होती है, मनुष्य की आस भी गोल होती है।" अचला ने अपनी बच्ची को बहलाने के लिए लकड़ी के लटटू को ज़ोर से घुमाया, बच्ची बड़ी मस्त होकर लटटू को देखने लगी और अचला सोचने लगी, "आस के गोल रास्ते पर चलते-चलते बरसों बाद कोई उसी जगह पर पहुंच जाता है जहां से कभी उसने चलना शुरू किया था। पांव ठिठककर खड़े हो जाते हैं। वास्तव में पांव नहीं रुकते राह रुक जाती है, पांव तो सिर्फ ठिठकते हैं···।

"पांव चुप करके रुक जाएं तब भी कोई बात नहीं, पर पांव के इस ठिठकने का कोई क्या करे ? " अचला को लगा कि विचारों की एक गाढ़ी-सी धुंध हर समय उसकी आंखों में छाई रहती थी। कभी-कभी उसका जी भरके रोने को मन करता था पर वह कभी रोई नहीं थी। आज अचला को लगा कि वह रोने से डरती थी। वह जो जी भरके रो लेती तो यह धुंध भी शायद उसकी आंखों में से हट जाती, इस तरह जैसे मेंह बरस लेने पर सारा आकाश साफ हो जाता है। पर दूर तक अगर अब कुछ दिखाई देने लगे तो बन्द रास्ते भी दिखने लगते हैं। अचला 'बन्द' रास्ते को देखने से डरती थी। इसलिए धुंध उसे रास आ गई थी। धुंध में एक भुलावा हर समय बना रहता है कि जो आगे कुछ नहीं दिखाई दे रहा तो यह धुंध का दोष है, राह का दोष नहीं, कोई राह ज़रूर कहीं होगी।

निश्चित रूप से यह जान लेने पर कि आगे कोई राह नहीं, धुंध की दी हुई अनिश्चतता सुखद होती है। इसलिए अचला जैसे आगे कभी नहीं रोई थी, आज भी न रोई। और अभी क्षण-भर पहले लड़की को घुमाते हुए उसे जो ख्याल आया था कि धरती की तरह शायद हर चीज़ गोल होती है, आस भी गोल होती है···उसने जल्दी से भुला देना चाहा! बच्ची लट्टू के खेल में बहल गई थी, अपनी छोटी-छोटी उंगलियों से रंग बिरंगे लट्टू को घुमाना सीखते-सीखते वह रोना भूल गई थी। अचला बच्ची के पास से उठकर ड्राइंगरूम में चली गई।

अचला के दिल में गुनाह का एक हल्का-सा आभास हुआ जो उसकी आंखों में छाई हुई विचारों की धुंध को और गाढ़ा कर गया। "मेरा छोटा-सा अपना घर है, मेरा पति कमाऊ भी है और सुन्दर भी और मेरे दो बच्चे हैं एक बेटा एक बेटी, मुझे और क्या चाहिए?" अचला ने अपने-आपसे सवाल किया और अपने-आपको जवाबदेही के कटघरे में खड़ा करके देखने लगी।

जवाबदेही के कटघरे में खड़ी हुई अचला के पास कोई जवाब न था। पर उसका चेहरा मासूम भी था और विनीत भी, इसलिए कसूरवार होने का जो हल्का-सा दोष उसपर लगता था वह उसके चेहरे को देखकर ठहरता नहीं था। जो कहीं ठहरता था तो पकड़ में नहीं आता था।

अचला विचारों में और खोने के बजाय एक अंग्रेज़ी पत्रिका के सफे पलटती उसमें कोई कहानी पढ़ने के लिए ढूंढ़ने लगी। एक कहानी का शीर्षक उसे बड़ा दिलचस्प लगा "बैटी मीटस हर ड्रीम ब्वाय" और कहानी को पढ़ते-पढ़ते अचानक अचला को ख्याल आया कि उसकी उदासी का कारण उसे पता लग गया था। उसने कभी किसीसे मुहब्बत नहीं की थी, कभी किसीके मुंह को तरसकर नहीं देखा था और उसकी तरफ भी किसीने कभी इस तरह तड़प कर नहीं देखा था कि उसका चेहरा एक साधारण औरत के चेहरे की जगह एक परी या शहज़ादी का मुंह बन जाता···! उसको अपना पति अच्छा लगता था, पर यह अच्छा लगना उसके मन की कसक

में से नहीं उपजा था, यह ज़िन्दगी की ज़रूरतों में से पैदा हुआ था··· घर की और हिफाज़त की जरूरतों में से···।

"आवश्यकताओं की पूर्ति होंठों की प्यास बुझाने वाला पानी होता है" अचला ने सोचा और सोचा "पानी में एक साधारण तृप्ति होती है पर नशा नहीं। रोमांस एक नशा होता है, यह नशा रात की गहरी नींद में सपना बनकर बोलता है, दिन की जाग में होंठों का गीत बनकर बोलता है···। यह मर्द के सर चढ़कर बोलता है, यह औरत की छाती में उतरकर बोलता है···।" और अचला को लगा कि उसकी और उसके पति की ठण्डी ज़िन्दगी का मूल कारण यही था कि उन्होंने कभी इस नशे का घूंट भरकर नहीं देखा था। उसे एम० ए० में पढ़ती को कालेज से उठाकर इस तनवीर नाम के आदमी से ब्याह दिया गया था कि ऐसा अच्छा अवसर खोया नहीं जा सकता था···और इस तनवीर नाम के आदमी की जब अच्छी नौकरी लग गई थी तो उसे इस अचला नाम की पढ़ी-लिखी और सुन्दर लड़की से ब्याह दिया गया था कि कमाऊ मर्द का घर जल्दी बस जाना चाहिए नहीं तो उसे कोई ऐब लग जाता है। सो इस तरह तनवीर अचला की सारी उम्र के गुज़ारे का सहारा बन गया था और अचला तनवीर को ऐबों में पड़ने से बचाने का साधन···और अचला को जहां अपने-आपपर तरस आया, अपने पति पर भी तरस आ गया। तरस में एक प्यार भी शामिल होता है, अचला को अपने-आपसे प्यार आया और अपने पति से भी !

पर जो प्यार तरस में शामिल होता है उसमें एक बेबसी होती है। यह बेबसी अगर एक पल प्यार की सूरत अख्तियार करती है तो दूसरे पल गुस्से की। अचला को अपने-आपपर भी गुस्सा आ गया और अपने पति पर भी। "विवाह की एक रस्म ने इस नशे को हमेशा के लिए वर्जित कर दिया" अचला जैसे कांप-सी गई और उसने सोचा "दुनिया में हज़ारों ही प्याले नशे से भरे हुए होंगे और उनको पीने के हज़ारों ही मौके। पर विवाह की एक रस्म के बाद नशे का प्याला भी वर्जित हो जाता है और मौका भी ! और चाहे प्याला और मौका दोनों चीज़ें दो बालिश्त की दूरी पर पड़ी हुई हों···"

अचला को बादलों में से निकलती बिजली की एक लकीर की तरह अपना नया पड़ोसी याद आया। पूरे दो महीने हो गए थे उसे वहां रहते। पहले पांच दिन तो पता नहीं लगा कि वह कौन था? घर में आते हुए भी वह अकेला होता था और जाते हुए भी, शायद उसने ज़रूरत की चीज़ें ला रखकर अपनी पत्नी को गांव से लाना था···पर फिर छठे दिन उसके नाम की तख्ती लग गई थी, उसका नाम पता चल गया था, राज वर्मा, और उसके साथ अचला के पति को बातें करते हुए यह भी पता लग गया था कि वह एक दैनिक पत्र से सम्बन्धित प्रेस-रिपोर्टर था, शादीशुदा नहीं था, रात को बड़ी देर से घर आता था, सवेरे देर तक सोता था और दोपहर के वक्त खाना खाकर घर से चला जाता था···! और अचला को उसकी प्यासी-प्यासी आंखें याद आईं। अचला के कमरे की एक खिड़की राज वर्मा के बरामदे की ओर खुलती थी और सबेरे ग्यारह बजे जब अचला घर के और कामों से निपटकर, अपने पति को दफ्तर भेजकर, अपने बेटे को स्कूल भेजकर और अपनी बेटी को नहला-धुला कर और पालने में सुलाकर अपने कमरे में आती थी तो खिड़की में से देख सकती थी कि राज वर्मा अपने बरामदे में रखे हुए पास के एक बड़े-से गमले के पास कुर्सी पर बैठा अखबार पढ़ रहा होता था। अखबार पर से आंखें उठाकर कई बार राज वर्मा ने अचला को देखा था और अचला को उसकी प्यासी-प्यासी आंखों से एक डर-सा लगा था और पिछले महीने से अचला ने वह खिड़की खोलनी छोड़ दी थी···और जब से अचला ने वह खिड़की खोलनी छोड़ दी थी तब से वह राज वर्मा की आंखों को भी भूल गई थी, आंखों की प्यास को भी भूल गई थी, और प्यास के खौफ को भी भूल गई थी···आज अचला के अपने अन्दर जागी हुई प्यास ने उसे राज वर्मा की आंखों की प्यास की याद दिला दी थी···।

और प्यास से सूखे हुए होंठों पर जीभ फेरकर अचला ने सोचा, "जो नशा विवाह की एक रस्म के बाद पति और पत्नी के लिए वर्जित हो जाता है, उसका गुस्सा वह दोनों अपने-आपपर भी निकालते

हैं और एक-दूसरे पर भी। दोनों अपने-अपने होंठों पर जीभ फेरते हुए एक-दूसरे के पास बैठकर एक-दूसरे की रखवाली करते हैं…” और अचला ने रखवाली के शब्द को बड़ी नफरत से देखते हुए ड्राइंगरूम से अपने सोने के कमरे में जाकर राज वर्मा के बरामदे की ओर खुलनेवाली अपनी खिड़की खोल दी।

बरामदा खाली था। पाम का बड़ा-सा गमला उसी तरह रखा था, पास कुर्सी भी पड़ी थी पर कुर्सी पर राज नहीं बैठा हुआ था इसलिए बरामदा खाली था।

अचला को जाने अपने-आपपर गुस्सा आया या खाली कुर्सी पर, उसके तेवर चढ़ गए। और फिर अचला के माथे पर चढ़े हुए तेवर उसके माथे की झुनझुनी बन गए, राज अपने कमरे में से आकर सहसा बरामदे में खड़ा हो गया। अचला ने बड़े दिन के बाद खिड़की खोली थी, बन्द पड़ी हुई खिड़की जब झटके से खुली थी तो शायद उसमें से निकली हुई आवाज़ एक ज़ोर लगाकर राज के कमरे में पहुंच गई थी, या शायद अचला के धड़कते दिल की आवाज़ आहिस्ता से राज के कानों में चली गई थी। वह कमरे में से आकर बरामदे में खड़ा हो गया था।

राज ने खिड़की में खड़ी अचला की ओर देखा। राज की आंखें प्यासी-प्यासी भी थीं और झिझकती-झिझकती भी। अचला ने अपने माथे को हथेली से पोंछा। पता नहीं वह माथे के तेवर को पोंछना चाहती थी या माथे की झुनझुनी को, पर उसे लगा कि उसकी हथेली से उसके माथे पर से यह दोनों चीज़ें पुंछ गई थीं।

एक टीस अचला के खयालों में पड़ी कि राज वर्मा की आंखें गुस्ताख थीं। और फिर दूसरी टीस पड़ी कि राज वर्मा की आंखें नहीं, आंखें तो बड़ी खूबसूरत थीं पर आंखों की प्यास बड़ी गुस्ताख थी! फिर एक के बाद एक पडती टीसों में तीसरी टीस अचला के खयालों में पड़ी कि राज वर्मा की आंखों की प्यास गुस्ताख नहीं थी, उसकी अपनी आंखों की प्यास गुस्ताख थी। और अचला ने इस तीसरी टीस के हाथों दुःखी होकर कमरे की खिड़की भिड़का दी।

“यह प्यास मेरी अपनी है, मैंने आज तक किसीको नहीं दिखाई,

अपने पति को भी कभी नहीं दिखाई, यह राज वर्मा कौन होता है इसे देखने वाला ?" अचला को अपनी प्यास पर गुस्सा भी आया था, पर अपनी प्यास से अपनत्व भी बहुत आया और कुछ देर पहले एक रोमांचिक कहानी को पढ़ते हुए उसे जो लगा था कि उसे उसकी उदासी का कारण पता लग गया था, अब उसे लगा कि उसे लगा कि उसकी उदासी का वह कारण नहीं था।

"किसीके तड़पकर देखने से अगर किसी साधारण औरत का चेहरा किसी परी या शहज़ादी का चेहरा बन जाता है तो वह किसी परी या शहज़ादी से उधार लिया चेहरा होता है, वह किसी औरत का अपना और असली चेहरा नहीं हो सकता और अचला ने अभी-अभी बनाए रोमांस के अपने फलसफे को जब अच्छी तरह उल्टा-सीधा करके देखा तो उसे लगा कि रोमांस ज़िन्दगी के खला का फलसफा है। एक भुलावा देने का और एक भुलावा लेने का फलसफा है। यानी कि दो भुलावों के आदान-प्रदान का फलसफा। यह उदास चेहरे पर एक रेशमी नकाब डाल सकता है और कुछ नहीं। इसके नशे को पीकर दिल के गम को कुछ देर के लिए गलत किया जा सकता है और कुछ नहीं। यह ठहरे हुए पैरों में शायद कुछ हरकत डाल सकता है पर इसकी दी हुई हरकत से चला नहीं जा सकता, शायद कुछ देर रेंगा जा सकता है…।

अचला ने नशे और नकाब के फलसफें को रद्द कर दिया और गुसलखाने में जाकर हाथ-मुंह धोने लगी। शायद राज वर्मा की आंखें उसे अपने मुंह के बहुत पास आ गई महसूस हुई थीं–शायद कहीं छू गईं–और वह पानी से अच्छी तरह अपने चेहरे को धोकर उनके स्पर्श को धो देना चाहती थी।

मुंह को पोंछते हुए जब अचला ने शीशा देखा तो ताज़ा हुए चहरे की तरह उसे एक ताज़ा खयाल आया कि उसकी लम्बी उदासी का कारण शायद यह था कि पिछले कई वर्षों से उसकी ज़िन्दगी एक नियम में बंधी चल रही थी। रोज़ के सारे काम उसके हाथ-पांव को घड़ी की सुई की तरह चलाते थे। वह समय पर चाय बनाती थी, समय पर रोटी बनाती थी, नियम से बच्चों के कपड़े

धोती थी, नियम से बच्चों के कपड़े सीती थी। बेटे के स्कूल से लौटने के समय वह अन्दर के दरवाज़े में खड़ी होती थी, पति के दफ्तर से लौटने के वक्त वह बाहर के दरवाज़े में खड़ी होती थी– और इस तरह चाहे कोई शिकायत उसने अपने घर में नहीं आने दी थी पर शिकायत की जगह एक सीलन उसके घर में आ गई थी।

और अचला ने सोचा कि इस बार छुट्टियों में वह अपने पति को दो हफ्तों के लिए किसी पहाड़ पर जाने को लिए मना लेगी। और यह भी कि उसके पति ने उसे खुश करने के लिए कभी कोई यत्न नहीं किया था तो उसका यह कारण भी हो सकता है कि उसने खुद कभी कोई यत्न कर उसका ध्यान अपनी ओर आकर्षित नहीं किया था। और अचला को याद आया कि एक दिन उसने किसी अंग्रेज़ी अख़बार में एक लेख छपा देखा था 'पति को बस में रखने के बावन तरीके' उस दिन उसने इस बात को हंसी में टाल दिया था, पर आज अचला उस लेख को पढ़ने के लिए उत्सुक हो उठी। उसने ड्राइंगरूम में जाकर किताबों की अल्मारी खोली। अलमारी के निचले खाने में बहुत-से अखबार और रिसाले पड़े हुए थे। अचला उन्हें उलट-पलटकर देखती रही और फिर उसने वह लेख ढूंढ़ लिया। पढ़ते-पढ़ते अचला का उत्साह पहले ठंडा-सा हुआ, फिर सिकुड़ते-सिकुड़ते एक भारी-सा बोझ बनकर उसके माथे में बैठ गया। "बकवास··ज़िन्दगी क्या हुई निरी नुमायश हो गई। कभी कपड़ों की नुमायश, कभी बालों की नुमायश, कभी लफ़्ज़ों की नुमायश···" और अचला को इस सब कुछ के पीछे रहने वाले या सब कुछ के आगे रहने वाले अंगों की नुमायश के फलसफे से ऊब आ गई। उसे एक अमरीकन लड़की का खत याद आया जो उसके साथ कालेज में पढ़ने वाली एक अमरीकन लड़की ने वापस अपने देश जाकर उसे लिखा था "हमारे देश में हर लड़की की ज़िन्दगी एक लम्बा फिकर है। एक फिकर विवाह से पहले और एक फिकर विवाह के बाद। विवाह के पहले उसे एक पति ढूंढ़ने का फिकर होता है और विवाह के बाद पति को संभालकर रखने का फिकर!"

'औरत की ज़िन्दगी का मक़सद' जब इतना स्पष्ट होकर

अचला के सामने आया तो अचला को न किसी उत्साह की रौ आई, न किसी रोष की बौखलाहट महसूस हुई। एक अजीब-सा अलगाव अचला के अंगों में उतर गया।

अचला अपने घुटनों पर हाथ रखकर इस तरह उठी जैसे उसके घुटनों में अपनी मां के घुटनों की तरह जोड़ों की पीड़ा शुरू हो गई थी। उसकी मां इसी तरह जब गोभी और शलजम का अचार डालती, घंटाभर एक ही जगह बैठी रहती थी तो फिर वहां से उठना उसके लिए मुसीबत हो जाती थी। अचला जिन दिनों साइकलौजी का एम० ए० कर रही थी, वह फ्रायड की किताबें पढ़ती मां को हंसकर सपनों के अर्थ समझाती थी, पर आज जब अचला अंग्रेज़ी अख़बारों और किताबों के सफे उलटती अपनी मां की तरह अपने घुटनों पर हाथ रखकर उठने लगी तो उसे लगा कि फ्रायड को भी यह मालूम न था कि औरत के घुटनों में किस उम्र में और क्यों कोई पीड़ा जमकर बैठ जाती है।

अचला का मन इस समय किसी काम या क़िताब में नहीं लग सकता था, उसने अपने सूखते होंठों पर एक बार जीभ फेरी, फिर फ्रिजिडेयर से निकालकर पानी का एक गिलास पिया और फिर वापस अपनी बच्ची के कमरे में चली गई। बच्ची खेलते-खलते रुई के गद्दे पर सो गई थी। लकड़ी का लट्टू उसके हाथ के पास पड़ा था। लट्टू इस समय घूम नहीं रहा था। पर अचला का हर ख्याल लट्टू की तरह घूम रहा था। औरत की ज़िन्दगी का जो मकसद इस समय बड़ा स्पष्ट होकर अचला को दिखाई दिया था, अचला को लगा कि वही मकसद अपने हाथ से उसके हर ख्याल के लट्टू की तरह घूम रहा था।

"मैं कौन हूं ? मैं जो कुछ भी हूं एक पत्नी की शक्ल में हूं—मिसेज तनवीर की शक्ल में, और या मां की शक्ल में हूं—निखिल की ममी, नीरू की ममी।" और अचला के लट्टू की तरह घूमते हुए ख्याल जब थककर ठहर जाने को हुए तो अचला को लगा कि इन ख्यालों का—इन विचारों का कोई अर्थ नहीं। यह ठहर जाएं तो भी इनका कोई अर्थ नहीं, और यदि ज़ोर-ज़ोर से घूमते

रहें तो भी इनका कोई अर्थ नहीं, क्योंकि इन्हें यत्न कर कहीं पहुंचना नहीं होता।" और अचला को पता चल गया था कि वह कितने दिनों से क्यों उदास थी। "मैं अपने निज के, अपने अस्तित्व के अर्थ ढूंढ़ रही हूं···पर हर औरत ने या पति के माध्यम से जीना होता है या बच्चे के माध्यम से, इसलिए उसके निजी अस्तित्व का कोई अर्थ नहीं होता ···उसके किसी नाम का भी कोई अर्थ नहीं होता, उसके सिर्फ दो ही नाम होते हैं—एक पत्नी, एक मां और यह दोनों नाम किसी दूसरे के अस्तित्व की वजह से होते हैं। पति हो तो उसके अस्तित्व के कारण वह पत्नी हो सकती है, बच्चा हो तो उसके अस्तित्व के कारण वह मां हो सकती है।

सामने रुई के गद्दे पर नीरू बच्ची अपने अंगूठे को अपने मुंह में डाले सोई पड़ी थी। उसे इस समय बहलाने की ज़रूरत न थी। अचला ने अपने-आपको बहलाने के लिए लकड़ी के लट्टू को ज़ोर से घुमाया और लट्टू के घूमने से अचला को लगा कि बात चाहे वहीं की वहीं थी पर औरत की सारी नसल लट्टू की तरह घूम रही थी, और उसे लगा कि अभी देखते-देखते वह अपनी मां के स्थान पर हो गई थी और अपनी मां की तरह अपने घुटनों पर हाथ रखकर कभी उठती कभी बैठती, अपनी ज़िन्दगी के दिन पूरे कर रही थी। और उसकी बच्ची नीरू उसकी जगह—अपनी मां की जगह खड़ी होकर अपने निज के अर्थ को खोजती अपनी उन आंखों को मल रही थी जिन आंखों में विचारों की एक गाढ़ी-सी धुंध छाई हुई थी। और सामने रुई के गद्दे पर नीरू की छोटी-सी बच्ची अपने अंगूठे को मुंह में डाले सो रही थी।

कैनी का सफर

अखबार में ख़बर ज़रूर छपी है, पर बावजूद पुलिस की पूरी तहकीकात के, और डाक्टरी रिपोर्ट के, यह खबर गलत है।

इन्सान और खबर के बीच जो कुछ होता है वह किसीने आंखों से नहीं देखा होता, इसलिए हर खबर को लोगों का अनुमान कहा जा सकता है और कुछ नहीं। और अनुमान अक्सर गलत होता है।

कैनी और उसकी खबर के बीच जो कुछ हुआ है मैं उसके पल-पल का गवाह हूं।—क्योंकि जिन दिनों वह किसी और से बातें नहीं करती थी, उन दिनों वह कितनी देर मेरे सामने बैठकर मुझसे बातें करती रहती थी। —मेरा मतलब है अपने-आपसे बातें करती थी। और वह दिन उसकी ज़िन्दगी में बहुत थोड़े आए जिन दिनों में उसने और किसीसे बातें की हों। —इसलिए मैं कह सकता हूं कि अखबार में कैनी की जो खबर छपी है वह खबर गलत है।— मैं यह हलफिया बयान देता हूं।

मैं : कैनी के कमरे में लगा हुआ कैनी के कद जितना शीशा।

मैंने कैनी का बचपन नहीं देखा, चढ़ती जवानी भी नहीं। मैंने पहली बार जब उसे देखा था उसे जवानी पूरी तरह चढ़ चुकी थी और उसकी कला की शोहरत अपने अरूज़ पर थी। पर उसके जन्म के बारे में और उसके प्रारम्भिक दिनों के बारे में इतना कुछ ज़रूर जानता हूं कि जिन दिनों वह मेरे सामने बैठकर नये-पुराने खतों

को पढ़ती फिर कितने से ख्यालों को अपने माथे में भरके, मेरे में से अपने-आपको देखती थी—उसकी मां एक पोलिश डांसर और बाप हिन्दुस्तानी बंगाली म्यूज़िशियन। कभी उसकी मां हिन्दुस्तान आई होगी, और उसके बाप के साथ शादी करके हिन्दुस्तान ही रह गई होगी, उन्होंने मिलकर कोई घर बनाया होगा, एक बच्ची को जन्म देकर उन्होंने मिलकर खिलाया होगा। पर जिन दिनों की मैं बात कर रहा हूं उन दिनों उसका बाप हिन्दुस्तान में था, पर उसकी मां वापस पोलैण्ड चली गई थी। कभी-कभी उसकी मां का खत आता था, और उस खत को वह मेरे पास बैठकर कितनी-कितनी देर पढ़ती रहती थी। वह कई खत मैंने आंखों से देखे हैं। उन खतों में एक लम्बा खत मुझे बड़ा याद है।

"मेरी कैनी ! तुझे जब भी खत लिखती हूं तो लिखती हूं 'मेरी कैनी' और वह लफ़्ज़ 'मेरी' लिखते हुए हमेशा सोच में डूब जाती हूं। यह पोलैण्ड मेरे बचपन से ही मुझे 'मेरा' लगा था। फिर एक वक्त आया जब हिन्दुस्तान, एक बिलकुल बेगाना देश मुझे 'मेरा' लगने लगा और फिर वक्त आया जब हिन्दुस्तान मेरे लिए 'मेरा' न रहा। मैंने सोचा था हिन्दुस्तान न सही पर पोलैण्ड ज़रूर मेरे लिए 'मेरा' रहेगा। कितनी अजीब बात है कि उसे भी 'मेरा' कहने के लिए मेरे अन्दर कुछ न रहा। इसलिए तुझे जिसको चाहे मैंने अपने खून-मांस से जन्मा है—जब 'मेरी' कहती हूं तो सोच में डूब जाती हूं।

सोचती हूं—इस दुनिया में अगर कुछ भी वह नहीं होता जिसको अपने जीते जी हमेशा 'मेरा' कहा जा सके तो कम से कम अपने-आप ज़रूर वह चीज़ होना चाहिए जिसे 'मेरा अपना आप' कहा जा सके। मुझे यह भी नसीब नहीं हुआ। यह जो मुझे थोड़ा भी नसीब हो जाता तो मैं कभी हिन्दुस्तान से वापस न आती, तुझे हमेशा अपनी आंखों से देख सकती, पर जिसकी खातिर मेरा अपना-आप मेरा नहीं रहा, उसे रोज़ इस वहां एक अजनबी और अजनबी, फिर और अजनबी होते देखे जाना मेरे लिए बड़ा मुश्किल था। पोलैण्ड वापस आ गई हूं इसलिए नहीं कि यह मेरा है, सिर्फ इसलिए

कि यह उससे दूर है। तूने कई बार मुझे लिखा है कि मैं ज़िन्दगी में दोबारा कुछ पाने की आस क्यों नहीं करती? मेरे पास अभी उम्र है, शक्ल है, हुनर है, शोहरत, पैसा सब कुछ है पर एक चीज़ बहुत खत्म हो गई है कैनी! मन की ज़रूरत खत्म हो गई है। तेरे बाप ने वहां कोई और औरत ढूंढ़ ली है, ठीक है, उसकी ज़रूरत बाकी होगी, पर मुझसे मेरी सारी ज़रूरत खर्ची गई है। एकबारगी खरची गई है। मैं मज़हबी ख्यालों की औरत नहीं। सिर्फ यह ही कह सकती हूं कि एक फिजूलखर्च औरत थी—मन की सारी दौलत एक ही बार खर्च कर दी, कुछ भी पल्ले नहीं रखा। लोग कहते हैं कि मेंहबूंदी के दिनों के लिए कुछ बचाकर रखना चाहिए, पर क्या यह मेंहबूंदी के दिन सिर्फ इन्सान की आर्थिक हालत में आते हैं? क्या यह मानसिक हालत में नहीं आते? यह बड़े अजीब दिन होते हैं। जो कोई मेरी बात सुने तो मैं कहूंगी कि इन दिनों के लिए कुछ अपना मन बचा के रखना चाहिए, मन की धड़कन बचाकर रखनी चाहिए, और इस धड़कन को तीखा कर सकने वाला इश्क बचाकर रखना चाहिए। इश्क नहीं तो इश्क की उम्मीद ज़रूर बचाकर रखनी चाहिए। पर मैं किसीको क्या कह सकती हूं—यह अपनी बात मैंने खुद ही नहीं सुनी। तेरी बदनसीब मां।"

मुझे पता है कैनी ने यह खत एक बार नहीं कई बार पढ़ा था और उसके मुंह के गुलाबी रंग में जो रंग कई बार घुला था, वह अपनी मां के लिए तरस का रंग था, किसी गहरे रंग का दर्द नहीं था। और जवाब में उसने जो खत लिखा था वह बड़ा सादा खत था कि उसको अपनी मां का खत पूरी तरह से समझ में नहीं आया था। जो हादसा उसकी मां की ज़िन्दगी में हुआ था वह हादसा उसकी ज़िन्दगी में भी हुआ। उसने पिछले दिनों शादी की थी और शादी के बाद उसे पता चला था कि उसके खाविंद की उससे ज्यादा दिलचस्पी किसी और औरत में थी और वह अपने खाविंद से अलग होकर रहने लगी थी। पर तब भी उसको अपनी मां का खत समझ में नहीं आया था और कैनी ने लिखा था कि उसके दिन के चैन और रात की नींद में इस हादसे का कोई दखल नहीं था। वह हंसती

थी, गाती थी, और भारतीय नाच की कला दिनोंदिन उसके अंगों में चमकती जा रही थी।

इस खत के जवाब में कैनी को उसकी मां का जो खत आया था वह बड़ा छोटा-सा था। सिर्फ इतना कि उसकी मां को बेटी के मन की हालत पर रश्क आ रहा था।

कैनी इस छोटे-से खत को अपने हाथ में लेकर कितनी देर तक मेरे सामने बैठी रही थी फिर मुस्कराकर मेरी तरफ—अपने पतले-पतले नक्शों वाले गोरे गुलाबी मुंह की तरफ—देखा था और फिर धीरे से उसके होंठ फड़के थे: "मैं शायद अपनी मां पर नहीं गई। अपनी मां वाला मन मुझे विरासत में नहीं मिला।"

मैं कह चुका हूं कि मैंने कैनी को जब देखा था, उसे जवानी भरपूर चढ़ चुकी थी और उसकी कला की शोहरत अपने उरूज पर थी। इसलिए यह एक दिन की बात नहीं रोज़ की बात है—मैं देखता था कि दिन में कोई बीस खत कैनी को आते थे, उसके हुनर की, उसके हुस्न की तारीफ से भरे हुए। पर जिस सुस्ती और बेदिली से कैनी इन खतों को पढ़ती थी वह मुझे पता है। कुछ खत स्याही की जगह खून से लिखे होते थे, और मुझे याद है कैनी खून की रंगत से घबराकर अपनी आंखों पर हाथ रखकर बैठ जाती थी। कैनी अकसर खतों के जवाब नहीं देती थी, पर कुछ ऐसे संजीदा किस्म के खत भी होते थे, कि कैनी जिनके जवाब में मीठा-सा शुक्रिया लिख देती थी।

और फिर सालों बाद मैंने कैनी के चेहरे पर एक फरक देखा। बरसों से मैं कैनी को एक ही जैसे रंग में देखता आया था—नाच का दो घण्टे का रियाज़ वह मेरे सामने करती थी—और फिर मैंने देखा वह मेरे सामने खड़ी-खड़ी सोच में पड़ने लगी थी। जैसे रियाज़ करती के अंगों को थकावट-सी हो जाती थी। शायद थकावट नहीं उकताहट-सी हो जाती थी। एक दिन मुझे पता चल गया कि वह क्या सोचती थी—उसने मेरे सामने खड़े होकर कितनी देर अपनी आंखों में देखा—मैं यह कहना भूल गया हूं कि उसकी आंखें बहुत खूबसूरत थीं ··· बड़ी मोटी और काली बंगाली आंखें—

और फिर एक गहरी सांस लेकर अपनी मां को वह खत लिखने लग गई। खत लिखकर लिफाफे में डालने की जगह उसने वह खत सामने रख लिया, और पास पड़े हुए गद्दे का सहारा लेकर वह कितनी देर अपने लिखे हुए खत को पढ़ती रही—मां कभी तूने मुझे लिखा था कि तुझ मुझसे रश्क आता है, आज मैं तुम्हें लिख रही हूं कि मुझे तुझसे रश्क आता है। एक अजीब-सी उकताहट सीलन की तरह मुझे चढ़ रही है। मेरे कमरे में लाल रंग का कालीन बिछा हुआ है—गहरे लाल रंग का—और मुझे लगता है मेरे ख्यालों का सारा रंग मेरे माथे से उतरकर, मेरे होंठों से उतरकर, मेरे मन से उतरकर, और फिर उतरता-उतरता, मेरे पैरों में से उतरता बिल्कुल मेरे पैरों के नीचे आ गया है, रोज़ मेरे पैरों में मंसला जा रहा है। मेरी उम्र मुझे मटमैली लगने लगी है—बाहर से दिखने वाली उम्र नहीं, पर अन्दर से कहीं—और खोए हुए रंग के साथ ही इसके अर्थ भी खो गए लगते हैं। मां ! क्या यह रंग सचमुच खो गया है ? या गहरा कहीं खो गया है ? कभी ऐसा लगता है जैसे मेरे भीतर कहीं वह है—कुछ भारी-सा मेरे माथे में पड़ा हुआ लगता है—ज़िन्दगी में लोगों से वास्ता पड़ता है, रोज़ पड़ता है, और एक मशहूर नर्तकी हूं, इसलिए आम औरत की ज़िन्दगी से मुझे कहीं ज़्यादा वास्ता लोगों से पड़ता है, पर इन लोगों में मुझे कभी कोई वह नहीं मिला जिसे देखकर मेरे मन का रंग जाग जाए। शायद मेरे भीतर कोई रंग नहीं, मुझ सिर्फ इसका भुलावा है। ज़िन्दगी से अघा गई हूं, पर एक पीड़ा के लिए तरस गई हूं। मां, जिस पीड़ा को झेलते तेरी उम्र टूट गई है मैं उसी पीड़ा को तरस गई हूं। मेरी उम्र भी टूट रही है, पर अपने ही भार से। जो कहीं यह किसी पीड़ा से टूट सकती···

इस खत के जवाब में कैनी को मां का जो खत आया—बहुत छोटा था, पर बहुत बड़े सहम से भरा हुआ। लिखा था—कैनी ! मैंने ज़िन्दगी में कभी किसी खुदा के आगे दुआ नहीं की। तेरा खत पढ़कर मैं दुआ कर रही हूं कि आज जो तकदीर तू अपने मुंह से मांग रही है कहीं यह तकदीर तुझे मिल न जाए।

यह खत पढ़कर कैनी का मुंह देखते ही बनता था, बड़ा मासूम पर ज़िन्दगी की प्यास से बिलखता।—और उसने जल्दी से मेरे सामने खड़ी होकर, अपना मुंह मुझमें दिखते अपने माथे से जोड़कर कहा—"खुदाया मेरी दुआ सुनना मेरी मां की नहीं।"

उस दिन मैंने कैनी का जो बच्चों की तरह भोला मुंह देखा, मुझे पता नहीं था कि वह मुंह देखना मुझे फिर कभी नसीब नहीं होगा। यह इस तरह था जैसे किसी बच्चे ने आग की लाल लपटें देखकर उसकी तरफ दोनों बांहें पसार दी हों, और फिर खुदा ने लाड़ से आग की लाल लपटें उस बच्चे के हाथों में पकड़ा दी हों।

एक दिन जब कैनी सोकर उठी और बाहर के कमरे में आई, वहां जहां मैं था, मेरे सामने खड़ी होकर उसने अपनी उनींदी आंखों को देखा, उसकी आंखें मिची-मिची थीं—लगता था कि वह रात अच्छी तरह नहीं सोई थी, और दिखता था कि रात उसकी नींद में जिस मुंह के ख्याल ने खलल डाला था वह वही था जो कल रात को उसने पहली बार देखा था। कल शाम को नाच से वापस आते हुए, जो कोई उसे घर तक छोड़ने आ गया था, वह कुछ देर अन्दर आकर इस कमरे में बैठा था, इसलिए मैंने भी देखा था। यहां से एक बार उठकर वह बाहर रसोई में गया था और पानी के दो गिलास लाकर वह आप पीने लग गया था और एक उसने बड़ी बेतकल्लुफी से कैनी के आगे रख दिया था। घर कैनी का था, पानी कैनी को पूछना चाहिए था, लाना भी चाहिए था, पर कैनी की जगह जब उसने—बाहर से आए ने—पानी का गिलास लाकर कैनी के सामने रख दिया तो कैनी कुछ परेशान-सी उसकी ओर देखने लग गई। वह बिल्कुल परेशान नहीं था, बल्कि उसने पानी का गिलास रखते हुए कहा था, "मुझे प्यास लगी हुई थी, इसलिए मैंने सोचा कि आपको भी प्यास लगी होगी।" कैनी ने कुछ नहीं कहा—पानी पी लिया था, पर जब वह चला गया तो कैनी फिर परेशान-सी हो गई थी। फिर वह अन्दर सोने के लिए चली गई। जब सुबह उठकर आई तो उसकी आंखों में रात की उखड़ी नींद की स्याही थी। वह मेरे सामने खड़ी अपनी आंखों को देखती रही

फिर उसने आप ही रात वाले लफ़्ज़ों को होंठों में दोहराया, "मुझे प्यास लगी हुई थी, मैंने सोचा आपको भी प्यास लगी होगी।" एक बार कैनी के माथे पर हल्के-से बल पड़े —जैसे वह सोच रही हो उसकी प्यास के साथ अपनी प्यास को जोड़ने वाला वह कौन होता था—पर फिर वह मुस्करा दी, उसके होंठ नहीं, उसके माथे के तेवर मुस्करा दिए। और फिर जो बात रात को उसने जवाब में नहीं कही थी, आज अकेली खड़ी कहने लगी "तुम्हें अब भी प्यास लगेगी, तू पानी का गिलास पिएगा, तो क्या हर बार तुझे याद आएगा कि मुझे भी प्यास लगी होगी ?"

उसके बाद वह कई बार कैनी से मिलने आया। पहले दिन मुझे उसका नाम पता नहीं चला था, पर दूसरे दिन चल गया था—क्योंकि दासी ने जब अन्दर आकर कहा कि कोई जवेद साहब मिलने आए हैं, तो मेरे पास बैठी, कोई किताब पढ़ रही कैनी चौंक गई थी। और फिर अन्दर आने वाला वही था, जिसे मैंने पहले दिन देखा था। दो दिन नहीं गुज़रे, मैंने उसे फिर देखा, और फिर देखा। कैनी जब एक बार अकेली मेरे सामने खड़ी हुई तो उसके चेहरे पर चढ़ते-उतरते रंग को देखकर मेरा माथा ठनका। शायद उसका भी ठनका होगा। मैं हैरान था, कैनी हैरान थी कि आज तक उसने अपने किसी वाकिफ को अपने घर आने की छूट नहीं दी थी, पर यह कोई कैसा था जिसके सामने उससे कोई उजर नहीं किया गया।

और फिर उस दिन माथा और ठनका जिस दिन उसने कैनी को बताया कि वह पन्द्रह दिन के लिए शहर से बाहर जा रहा था, और उसके जाने के बाद कैनी बेचैन होकर आने वाले दिनों को उंगलियों पर गिनने लग गई। "माइ गौड इट हैज हैपन्ड" कैनी ने मेरे सामने खड़े होकर एक बार कहा और फिर हैरान-सी होकर हंस दी। उसकी हंसी उस शहद की तरह थी जिसकी मिठास में शहद की मक्खी का डंक भी मिला हुआ था।

"ओह कैनी ···" पता नहीं, मैंने कहा कि उसने, उसके होंठ बिल्कुल मेरे साथ सटे हुए थे, अपने ही होंठों को छूकर देख रहे थे; शायद अपने होंठों पर किसीके होंठों की छुअन को अपनी कल्पना

में उतार रहे थे ··· वह अभी बाहर से आई थी, वह उसे छोड़कर गया था ··· यह बीते साल इन्हीं दिनों की बात है। उसने बाहर से आकर, कमरे का दरवाज़ा भिड़काते हुए, जो सबसे पहली बात की थी, वह मेरे सामने खड़ी होकर, अपने-आपको देखा था, अपने-आपको आवाज़ दी थी, और फिर दुलार से अपने होंठों को अपने ही होंठों से छुआकर एक सरूर में आंखें बन्द कर ली थीं।

अपने-आपको आप ही आवाज़ देने की आदत उसे उसी दिन पड़ी थी। उसके अगले तीन सौ पैंसठ दिनों में उसने कोई तीन हज़ार पैंसठ बार अपने-आपको आवाज़ें दी होंगी। ऐसे जैसे उसका अपना आप उससे बिछुड़ रहा हो, पराया होता जा रहा हो और इस पराये होते अपने-आपको वह कभी चैन से देखती थी कभी बेचैनी से।

एक दिन उसने बड़े खौलते गुस्से से अपने इस अपने-आपको देखा। पहली शाम वह आया था और कैनी ने उससे मांग की थी कि वह अपने दफ्तर में अब उस सेक्रेटरी लड़की को न रखे, जिसके साथ पहले कभी उसका कुछ रहा था। और कैनी ने बड़ी नरमी से उसे कहा था कि उसके मिलने से पहले उसका जो कुछ भी किसी लड़की से कुछ था, उसका कोई उलाहना वह उसे कभी नहीं देगी पर अब उन्हें किसी बीते हुए की खामख्वाह याद दिलाने वाली कोई चीज़ सामने नहीं रहनी चाहिए थी। उसने कैनी की बात रखी नहीं और कहा कि उस लड़की के बिना उसके दफ्तर का काम नहीं चलेगा। उसके सामने नहीं, पर उसके जाने के बाद कैनी बहुत रोई थी। उस रात वह दूसरे कमरे में अपने पलंग पर सोने के लिए भी नहीं गई। बाहर कालीन पर औंधी पड़ी वह सो गई थी। सुबह उठकर उसने दासी से कहा था कि आज किसीका भी फोन आए वह उसे बुलाने के लिए भीतर न आए। फोन बाहर बरामदे में था। पर दोपहर बाद वह आप ही दरवाज़े के पास खड़ी किसी फोन की आवाज़ का इन्तज़ार करने लगी थी—यह वह दिन था जब शाम को उसने बड़े खौलते गुस्से से मेरे सामने खड़े होकर अपने-आपको देखा। उस दिन अपने से वह बड़ी गुस्सा थी।

उसका वह गुस्सा तीसरे दिन उतर गया। वह आया और उसने आते ही कैनी को बताया कि आज उसने अपने दफ्तर की सेक्रेटरी को दो महीने की पेशगी तनख्वाह देकर छोड़ दिया था, और आगे के लिए उसने कैनी से इकरार किया कि वह कोई लड़की सेक्रेटरी अपने दफ्तर में नहीं रखेगा।

पर गुस्सा शायद बारी का बुखार था, अजीब-सी बारी का बुखार, अब वह कैनी को नहीं जवेद को चढ़ गया। बात यह हुई कि कैनी की इंगलैण्ड की एक क्लब ने पन्द्रह दिन के लिए इंगलैण्ड आने का बुलावा दिया था। कैनी के लिए हिन्दुस्तान से बाहर जाने का यह पहला मौका था और कैनी खुश थी। कुछ उसे यह भी उम्मीद थी कि वह इंगलैंड से आसानी से पोलैंड जा सकेगी और अपनी मां से मिल सकेगी। पर जब कैनी ने पासपोर्ट के लिए अपना फार्म भरा तो फार्म की पूर्ति के लिए उसमें अपने खाविंद का नाम भी लिखना पड़ा। चाहे वह बरसों से अकेली रह रही थी, पर उसने तलाक अभी तक नहीं लिया था, इसलिए इस फार्म की पूर्ति के लिए उसका नाम उसमें लिखना पड़ा था; जिसके साथ कभी उसका ब्याह हुआ था। और जवेद ने जब वह फार्म पढ़ा तो फार्म में उसका नाम देखकर वह बौखला पड़ा "मैं यह नाम बिल्कुल बरदाश्त नहीं कर सकता" और उसने गुस्से में आकर वह फार्म फाड़ दिया।

कैनी और फार्म ला सकती थी, भर सकती थी, पर उसने कुछ नहीं किया। कैनी के पैर एक बड़ी नाज़ुक जगह आकर खड़ हो गए थे। उसे पता था कि अगर वह जवेद की गैरहाज़िरी में और फार्म लाएगी, भरेगी, और पासपोर्ट बनवाकर इंगलैंड चली जाएगी तो जवेद को वह हमेशा के लिए खो देगी। वह सोच में पड़ी थी और मैं देखता था कि एक घड़ी वह जवेद को खोने का हौसला इकट्ठा करती थी तो दूसरी घड़ी रेत के महल की तरह वह हौसला टूट जाता था।

वह इंगलैंड नहीं गई। जवेद अब खुश था। पर खुशी को अब जैसे रूठने की आदत पड़ गई थी। कभी जवेद भी इस रूठी हुई खुशी को मनाता था पर बहुत बार यह कैनी को मनानी पड़ती थी। और

फिर होते-होते यह बात जैसे सिर्फ कैनी के लिए रह गई। बाहरले दरवाज़े तक और बाहरली सड़क तक दौड़ते, और रूठकर जाते जवेद को मनाकर लाते हुए मैंने कैनी को कई बार देखा। एक दिन कैनी रोए जा रही थी, इतना कि वह पास से उठकर जाते हुए जवेद को कुछ न कह सकी। जवेद चला गया। कैनी रोते-रोते भी उसके लौटते पैरों की आहट का इन्तज़ार करती रही—शायद वह सोचती थी कि जवेद उसे इस तरह रोते हुए छोड़कर नहीं जा सकेगा। लौट आएगा, बाहरली सड़क से लौट आएगा।

पर जवेद नहीं आया। कैनी को वह रात उम्र पर भारी होती लगी। यह शायद वह रात थी जब कैनी का अपना-आप अपनी ही नज़रों में हलका पड़ गया था और फिर वह हल्का पड़ता गया—दूसरे दिन जब उसने जवेद को फोन करने की पहल की, और फिर जब वह आया, उसने हंसकर कल रात की बात टाल दी और कैनी ने वह बात टल जाने दी, और फिर जब उसने जवेद को मनाने का और कोई मौका कभी न खोया, और फिर ...और फिर ...

इन तीन सौ पैंसठ दिनों में कैनी ने कोई तीन हज़ार पैंसठ बार मेरे सामने खड़े होकर कैनी को आवाज़ें दीं "ओह कैनी ..." वह कभी बेचैनी से आवाज़ देती थी, कभी तरस से, कभी प्यार से, कभी नफरत से।

इन दिनों कैनी ने अपनी मां को कई खत लिखे, पर कोई खत डाक में नहीं डाला। जिस घड़ी वह खत लिखती, अगली घड़ी उसके मन का मौसम बदल जाता और वह खत उसे बेमायना लगने लगता। मौसम मन के बस में नहीं था मन मौसम के बस में था।

जवेद उसे खुश मिलता वह खुश हो जाती। जवेद उसे उदास मिलता वह उदास हो जाती। एक तार की तरह वह कसी रहती। कांपती रहती, जवेद का जी चाहता वह इस तार में से सोया गीत जगा लेता, जवेद के जी में आता वह इस तार में से बिलखते स्वर निकाल लेता।

कैनी को जवेद से कोई उलाहना नहीं था। उसने कैनी को वह खुशी दी थी जो कैनी को कोई नहीं दे सका था। उसने कैनी को वह

दर्द दिया था जो कैनी को कोई नहीं दे सका था। उलाहना कैनी को अपने से था कि उसने अपनी खुशी पर और अपने दर्द पर अपना कोई भी हक नहीं रखा था। वह खुशी को मणि की तरह संभालती, सांप की तरह अकेली बैठकर उसके साथ खेलती, पर अगर जवेद आ जाता—वह चाहता तो उसी मणि को एक पल में कौड़ी की तरह बना देता। उस उदासी को वह एक शाही पोशाक की तरह गले में डाल लेती, पर जो जवेद चाहता, तो वह इस पोशाक को उतार देती।

कैनी को स्कैचिंग का शौक था, एक बार उसने एक बड़ी खूबसूरत कापी पर जवेद का स्कैच बनाया, दिखाया, जवेद को अच्छा लगा तो दूसरे सफे पर जवेद ने अपनी पैंसिल से कैनी का स्कैच बना दिया। जवेद की ड्राइंग कैनी से भी अच्छी थी। फिर इस कापी पर उन्होंने कितनी ही बार स्कैच बनाए। एक बार पांच दिनों के लिए पहाड़ पर गए थे, वहां उन्होंने पहाड़ी के झरनों के कई स्कैच बनाए फिर अपनी पसन्द की नज़्में उन्होंने चुनीं और इस कापी में लिखीं। इस कापी को वह अपनी बेटी कहते थे। इसका नाम उन्होंने अतिया रखा हुआ था। इस अतिया को वह प्यार से आती बुलाते थे और किस्मत वाली इन खुश घड़ियों में जवेद कैनी को 'आती मां' कहके बुलाता था और कैनी जवेद को 'आती पा' कहके।

उदास रात में कैनी को एक सपना आता था। एक दिन उसने मेरे पास बैठके जवेद को बताया कि वह जब उदास होती थी तो रात को सपने में उनकी बेटी मर जाती थी—आती का वरका-वरका फट जाता था—जैसे उनकी बेटी का अंग-अंग कट जाता था।

खुशी को रोज़-रोज़ रूठने की आदत पड़ गई थी, कैनी को रोज़-रोज़ मनाने की, पर एक दिन ऐसा आ गया कि कैनी उसको मनाते-मनाते आप ही रूठ गई। किसीसे नहीं, अपने-आपसे। जवेद के पास इन दिनों कोई उसकी दूर के रिश्ते की भाभी आकर रहने लगी थी। जवेद के इस भाई और उस भाभी को तलाक लिए कई वर्ष हो चुके थे। वह भाभी कैनी को अच्छी नहीं लगी थी।

एक बार जवेद उसे कैनी के घर लाया था। और इस भाभी ने एक अजीब अन्दाज़ में जवेद की तारीफ करते हुए उसे कहा था "योअर स्माइल इज़ हौंटिग" और उस दिन उसने कैनी के घर में ही कैनी को नज़रअन्दाज़ कर दिया था। कैनी को अगर कोई दावा था तो अपने जवेद से, उसे किसी तीसरे से कोई शिकवा नहीं था। और कैनी उस दिन इस बात से ज़ख्मी-सी हो गई थी कि जवेद को इस भाभी के किसी रवैये से कोई शिकायत नहीं थी—और यही भाभी अब जवेद के पास रहने के लिए आई थी।

"उसने मुझे क्यों न बताया ··· मेरे से यह बात काहे को छुपा ली।" कैनी का पुराना जख्म खुल गया, क्योंकि आज अचानक उसे यह बात जवेद के नौकर से पता चली थी। और फिर जब कैनी ने जवेद को फोन किया तो उसने हंसकर कैनी को झिड़क दिया—"ऐसे ही ना बोला कर—यह मैंने तुम्हें इसलिए नहीं बताया था कि तुम्हें खामख्वाह तकलीफ होगी।"

"ऐसे ही ना बोला कर···" कैनी' ने मेरे सामने खड़े होकर कई बार यह लफ्ज़ अपने को कहे। उसकी आंखें भर-भर आती थीं और यह लफ्ज़ उसके होंठों में सिसक रहे थे "कैनी मैं यह तुझे कह रही हूं···तुझे ···तू सुनती क्यों नहीं मेरी बात···तू ऐसे ही बोले जाती है", और फिर कैनी अपने को चुप कराते-कराते बावरी हो गई। जवेद वहां नहीं था पर वह कमरे में खड़े जवेद से बातें करने लगी, "तू समझता क्योंनहीं ? क्या मैं ऐसे ही बोल रही हूं" क्या किसीको ऐसे ही दर्द होता है ? छाती से रोना ऐसे ही उठता है ? तू मेरे से अच्छी तरह नहीं बोलता, मेरी आधी जान निकल जाती है, क्या किसीकी आधी जान ऐसे ही निकल जाती है ? ···"

और बावरी हुई कैनी से चुप नहीं रहा गया। उसने फिर जवेद को फोन किया। उसकी आवाज़ आंसुओं में डूबी हुई थी। जवेद को उसकी आंसुओं से गीली आवाज़ सुनकर हमेशा ही गुस्सा चढ़ आता था, आज भी चढ़ गया और उसने एक लफ्ज़ कहकर फोन बन्द कर दिया।

यह लफ्ज़ कैनी के कानों में पड़ा नहीं, कानों में चुभ गया।

कैनी ने घबराकर दोनों हाथ कानों पर रख लिए। और फिर बिलख-कर मेरे सामने आ खड़ी हुई। उसकी आंखों में खून के लाल डोरे पड़ गए थे। इन आंखों से वह अपनी आंखों में देखती चीख उठी—"शट अप···शट अप··· कैनी शट अप···"

यह जवेद का कहता हुआ लफ़्ज़ था। कैनी ने हुक्म की तरह मान लिया। और कैनी ने फैसला कर लिय। कि वह जवेद से इतनी दूर चली जाएगी जितनी दूर से जवेद को कभी उसकी आवाज़ नहीं आ सकेगी। वह अपनी मां के पास चली जाएगी।

मुझे पता है, मैंने अपनी आंखों से देखा है कैनी ने मेरे पास बैठकर मां को खत लिखा कि मैं बहुत जल्दी पोलैंड आ रही हूं, और फिर हमेशा वहीं रहूंगी। कैनी ने यह खत लिफाफे में डाला, मेरे सामने टिकट लगाई और फिर दासी को बुलाकर यह खत डाक में डालने के लिए दे दिया।

कैनी के पैर उस धरती से नाता तोड़ चुके थे जिस धरती पर खड़े होकर उसकी आवाज़ जवेद तक जा सकती थी। वह जल्दी से पासपोर्ट के दफ्तर गई और वहां से फार्म लाकर उसने मेरे पास बैठकर भर दिया।

पोलैंड पहुंचने का रास्ता बहुत लम्बा था, पर कैनी के पैर उतावले हो गए थे, ठहरते नहीं थे। रात हो रही थी, और जैसे-जैसे रात का अंधेरा बढ़ रहा था कैनी की बेचैनी बढ़ रही थी "जाने में बहुत दिन लग जाएंगे···बहुत दिन ···इतने दिन तू चुप रह सकेगी ?" और कैनी से खौफज़ुदा होकर कैनी को देखा "मुझे डर लगता है, तू चुप नहीं रहेगी ···तू··· ज़िद्दी ज़लील कैनी" और कैनी को ज़लील कहते हुए कैनी फूटकर रो पड़ी।

एक कैनी वह थी जो हमेशा के लिए चुप रहने को तैयार थी, एक कैनी वह थी जो शायद कभी चुप नहीं हो सकती थी। एक कैनी वह थी जिसके पैर धरती के इस टुकड़े से बहुत दूर चले जाना चाहते थे, एक कैनी वह थी जिसके पैर इसी जगह पर अकड़कर खड़े थे। एक कैनी वह थी जिसका सिर मान से ऊंचा था और वह इस मान पर सारी दुनिया की दौलत वार सकती थी, एक कैनी वह

थी जिसका सिर महबूब की दलहीज पर झुका हुआ था और वह मुहब्बत के एक कण के लिए भी झोली पसारकर खड़ी हो सकती थी।

कैनी ने जाना था, ज़रूर जाना था जो कुछ भी उसकी राह में खड़ा था उसे लांघकर जाना था—कैनी ने कैनी को लांघकर जाना था।

कैनी रास्ते से हटती नहीं थी इसलिए कैनी ने शाम होते ही घर के सब दरवाज़े बन्द कर लिए। पोलैंड से मां की भेजी हुई कौनिआक की बोतल निकाली। एक-एक घूंट को इस तरह पिया जैसे वह मां से बातें कर रही थी। यह कौनिआक उसने दो गिलास में डाली थी—एक गिलास अपने हिस्से का और एक मां के हिस्से का। वह बारी-बारी से घूंट भरती रही। नींद की गोलियां आज उसके पास सिर्फ दो थीं। और फिर कैनी ने झूमकर मेरी ओर देखा।—कैनी की ओर देखा। मुस्कराई और फिर कहने लगी, "तू मेरी राह में नहीं ठहर सकती—हट जा परे—मूर्ख!"

और फिर उसने कमरे में पड़ी हुई 'अतिया' का एक-एक वरका फाड़ा—'आती—मां' ने अपनी बच्ची का एक-एक अंग चूमा "तूने यतीम हो जाना था आती! मेरे पीछे···" उसने कहा और फिर मुस्करा दी। और फिर कमरे में रखी हुई गैस को खोलकर वह सो गई।

"भरत नाट्यम् की मशहूर नर्तकी कैनी तारा ने कल रात आत्मघात कर लिया" अखबारों में यह खबर छपी है। पर बाव-जूद पुलिस की पूरी तहकीकात के और डाक्टरों की पूरी रिपोर्ट के मैं कह सकता हूं कि यह खबर गलत है। कैनी ने कभी मरना नहीं चाहा, हमेशा जीना चाहा है। कैनी ने पोलैंड जाना था पर जाने में देर लगती थी इसलिए वह किसी और देश में चली गई है। और इश्क में दीवानी हुई एक मूर्ख कैनी उसके रास्ते में बैठी हुई थी, उसने मुश्किल से उसे राह से हटाया है।

तीन अध्याय : एक कहानी

एक

प्रोफेसर पाल के बगीचे में लगा कलकतवी घास रेशम की मोटी तह जैसा था। तलुवे धंस-धंस जाते थे। पर आज पाल को लगा कि घास में सिर्फ तलुवे ही नहीं धंस रहे थे, उसके दोनों पैर घास में उतरते जाते थे। घास उसके टखनों तक आ गया था, घुटनों तक आ गया था, और अब कमर से भी ऊपर आ रहा था। यह गहराई बड़ी नर्म थी, बड़ी ठंडी थी, और पाल का बदन जैसे घास में उतरता जाता था, उसे एक अजीब सकून आ रहा था। पर इस सकून में एक घबराहट भी थी। उसे लग रहा था कि वह जैसे-जैसे इस ठंडे और नर्म घास में उतरता जाएगा, वैसे-वैसे इससे बाहर उबरने की उसकी शक्ति क्षीण होती जाएगी। पाल की छाती अभी घास से बाहर थी। इसलिए वह कभी घाव से भीगी हुई हवा में से ठंडा सांस भरता था और कभी गिर्द की तपती हुई ज़मीन से झुलसी हवा में गर्म सांस भरता था। पाल की बांहें अभी घास से बाहर थीं, वह अभी बच-बचाव कर सकता था। और पाल का सिर भी अभी घास से बाहर था। इसलिए उसकी सोचें भी अभी घास से बाहर थीं। पाल ने नज़र भरकर मालती के चेहरे की तरफ देखा था। बेशक उसकी नज़र अपने उसके पैरों की तरह ही अपनी जगह से हिली हुई थी, फिर भी वह मालती की तरफ देखता रहा।

मालती को कालेज में देखते उसे हुए तीन साल हो गए थे, पर

उसे लगा कि मालती को उसने पहले कभी नहीं देखा था। और आज मालती ने अचानक उनके पास आकर जो बात कही थी, वह उसी ज़बान से कही थी, जिसे बोलते और सुनते हुए उसकी उमर के चालीस साल हो चले थे। पर उसे लगा कि मालती ने जो कुछ कहा था वह किसी ऐसी विदेशी भाषा में कहा था जिसे प्रोफेसर पाल ने पहले कभी नहीं सुना था।

"मैं आपके साथ विवाह करना चाहती हूं।" मालती ने कहा था। प्रोफेसर पाल को इस बात की समझ बिल्कुल नहीं लगी थी। सिर्फ उसने इतना महसूस किया था कि उसके पैरों के नीचे बिछा हुआ घास उंचियाकर उसके टखनों तक आ गया था, घुटनों तक आ गया था, कमर तक आ गया था और उसका बाकी जिस्म भी घास में डूबता जाता था। पर पाल ने अपने माथे को तली से पोंछा, अपनी सोचों को झकझोरा और बोला :

"पर मालती ! क्यों?"

"क्योंकि मेरे विवाह कराने की उमर हो गई है।"

"मैंने यह नहीं पूछा। मैं पूछता हूं कि मेरे साथ ही क्यों ?"

"अजीब सवाल है।" मालती हंसकर बोली, "मेरे साथ क्यों? किसी और के साथ क्यों नहीं ? यह क्या सवाल हुआ ? दुनिया में हज़ारों लोग हैं, इस तरह हर कोई हर किसीको पूछ सकता है कि मेरे साथ ही क्यों? किसी और से क्यों नहीं ?"

"मेरे पूछने का कारण है। खास कारण .... तुम जानती हो मेरी उमर कितनी है ? मेरी उमर चालीस साल है, और तुम्हारी मुश्किल से बीस साल !"

"मुझे पता है।"

"तुम कोई अपनी उमर का ..."

"मुझे अपनी उमर के लड़के अच्छे नहीं लगते। दे टाक राट ..."

प्रोफेसर पाल जानता था कि मालती ने कभी अपने कालेज के साथी लड़कों में दिलचस्पी नहीं ली। वह पढ़ाई को छोड़ बाकी सब चीज़ों से बे-वास्ता थी। किसीने जब भी उससे वास्ता जोड़ना चाहा था, अपने ही ज़ोर से धकेला जाकर पीछे आ गया था।...

कहने वाले कहते हैं कि मालती के रूप में एक आग जलती दिखती थी। पर उसे सेंकने के लिए जब भी कोई अपने हाथ उसके पास लाता था, उसके हाथ ठंड से कांपने लगते थे।—पर प्रोफेसर पाल के हाथ बड़े संभले हुए थे। उन्होंने आगे बढ़कर कभी मालती के रूप की आग को सेंकना नहीं चाहा था। बहुत देर पहले पाल ने यह फैसला कर लिया था कि वह कभी विवाह नहीं करेगा। उसका ख्याल था कि साहित्य से या साइंस से विवाह करने वाले को कभी किसी औरत से विवाह नहीं करना चाहिए। इसलिए किसी औरत के रूप की आग सेंकने के लिए न उसने अपने आंगन में कोई चूल्हा बनाया था, और न कभी पराए चूल्हों पर हाथ सेंके थे। पर आज उसे समझ नहीं आ रही थी कि मालती उसके घर में और मन में आग सुलगाने के लिए जंगल की लकड़ियां क्यों बीन रही थी।

"यह तुम्हारा अपना फैसला है मालती ?" प्रोफेसर पाल ने अचानक मालती से पूछा। उसे ख्याल आया कि विवाह के नियत स्थान पर पहुंचने के लिए औरत के पास दो ही रास्ते होते हैं। एक उसके मां-बाप के फैसले का रास्ता, एक उसके अपने मन के फैसले का रास्ता। मां-बाप के फैसले का रास्ता फर्ज़ का रास्ता होता है और अपने मन के फैसले की राह मुहब्बत का रास्ता होता है। पाल यह जानना चाहता था कि मालती विवाह शब्द की जिस नियत जगह पर आज खड़ी है—वहां वह किस रास्ते से होकर आई थी। इसलिए पाल ने मालती से पूछा कि क्या यह उसका अपना फैसला था।

"मैं फैसला हमेशा खुद करती हूं।" मालती के लफ्ज़ साफ थे। इनके आगे-पीछे काई धुंध नहीं थी। पर पाल को लगा कि मालती जिस राह से गुज़रकर विवाह लफ्ज़ तक पहुंची थी—वह राह अब भी उसे दिखाई नहीं दे रही थी। यह ठीक है कि मालती के पिताजी प्रोफेसर पाल के बड़े वाकिफ थे। दोस्ती की हद तक तो नहीं, पर अदब-आदाब की हद तक अच्छे वाकिफ थे। पर फिर भी यह साफ था कि यह फैसला उनका फैसला नहीं था। और चाहे यह भी साफ था कि यह फैसला मालती के मन का फैसला था, पर पाल को लग

रहा था कि मालती का मन उस रास्ते से होकर नहीं आया था—जिसे मुहब्बत का रास्ता कहा जा सकता है। और पाल को मालूम नहीं हो सका था कि इन दो रास्तों को छोड़ और कौन-सा रास्ता हो सकता है।

पहले रास्ते की एक निशानी, एक तरह की हलीमी में दिखाई देती है, फ़र्ज़ के पालन की हलीमी। और दूसरे रास्ते की प्रत्यक्ष निशानी एक तलखी होती है—मुहब्बत की बेरोक तलखी। पर मालती के चेहरे पर इन दोनों निशानियों में से कोई नहीं थी। फ़ैसले की दृढ़ता ज़रूर थी। पर इस दृढ़ता में न तो नर्मी थी और न ही तेज़ी।

"आप मेरे फैसले को मानने के लिए विवश नहीं हैं। न भी कर सकते हैं।" मालती ने कहा। उसके कहने के अन्दाज़ में एक ऐसी बेपरवाही थी, या शायद इस तरह की भरोसगी थी, जैसे प्रोफेसर पाल के पास 'न' करने की गुंजाइश न हो, मालती को किसीसे 'न' सुनने की आदत न हो।

जैसे रीढ़ की हड्डी का कोई कुशन हिल जाता है और आस-पास की नाड़ियां उसके भार तले दब जाती हैं, और उनमें खून की हरकत अटक जाती है, और फिर अटकी हुई हरकत से वे नाड़ियां कस जाती हैं—प्रोफेसर पाल को लगा कि उसकी पीठ और छाती की सारी नाड़ियां कस गई हों। पाल ने आगे बढ़कर मालती को बांहों में ले लिया। मालती को इस तरह कसकर अपनी बांहों में ले लेने की जल्दी में एक आशिक की तड़प का अहसास नहीं था। यह अहसास एक दर्द से कराहते उस आदमी का अहसास था जो रुई के गरम फाए को जल्दी से दर्द वाली जगह पर रख लेना चाहता है। मालती को छाती से लगाकर प्रोफेसर पाल को टकोर जैसा आराम मिला। उसकी कसी हुई नाड़ियों में खून की हरकत हुई और उसने चैन से मालती का माथा चूमकर कहा :

"मैं तुम्हारा कुछ भी हो सकता हूं—तुम जो कुछ मुझे बनाओ। पहले मैं तुम्हारा प्रोफेसर था, तुम्हारा उस्ताद, तुम्हारे अपने पिता जैसा ···प्रोफेसर पाल ने आखिरी शब्दों को अपने होंठों में भींच

लिया। उसे लगा कि एक जवान लड़की के कानों में उसे मुहब्बत के पहले लफ़्ज़ यह नहीं कहने चाहिए थे। वह जाने मुहब्बत का कैसा जवान सपना लेकर उसके पास आई थी, और वह उसकी जवानी के बराबर उतरने की जगह उसकी पीठ थपथपा रहा था, उसे आशीष दे रहा था।

"मुझे पता है—" मालती ने धीरे से कहा। और उसके कहने में वही तसल्ली थी जो तसल्ली एक औरत को अपने महबूब की उनींदी रातों का हाल सुनकर होती है।

पैरों के नीचे नर्म और ठंडा घास था, और जो घास उंचियाकर पाल के टखनों तक आया था, घुटनों तक आया था, अब वह गले तक आ गया था। पाल के बदन को एक सकून आ रहा था। ज़िन्दगी के चालीस साल उसने धरती की धूप सही थी, जवानी की धूप सही थी, इलम की धूप सही थी और अकेलेपन की धूप सही थी। धूप से झुलसते हुए पैरों के आगे आज अचानक घास का यह हरियाला टुकड़ा आ गया था। उसने अपने-आपको उसके हवाले कर दिया। पर यह घास उसके गले तक ही आया था, उसका सिर अभी ऊंचा था, उसकी सोचें अभी ऊंची थीं। उसने मालती के कानों के पास अपने होंठ लगाए, उन्हें चूमा और उन्हें पूछा भी :

"मालती ! तुम्हें यह यकीन है कि मुझसे तुम्हारी ज़िन्दगी सूनी नहीं रहेगी ?"

"सूनी ? मेरी ज़िन्दगी में कोई सूनापन नहीं।"

"मेरा मतलब है—" पाल कुछ देर चुप रहा और फिर उसने पूछा, "तुम जानती हो तुम बहुत सुन्दर हो ? शायद ज़रूरत से ज़्यादा सुन्दर।"

"ज़रूरत कहां तक होती है ?" मालती ने हंसकर पूछा।

"एक हद से आगे औरत की खूबसूरती खतरनाक हो जाती हैं।"

"मुझे अपने से कभी खतरा महसूस नहीं हुआ।"

"तुम्हें नहीं, खतरा दूसरों को हो सकता है—पिछले साल मैंने एक बात सुनी थी—हमारे कालेज का एक लकड़ा था आत्मजीत।

अचानक उसने कालेज छोड़ दिया था—शायद वह बीमार हो गया था। कुछ लोग दबी ज़बान में कहते हैं कि वह तुम्हें मुहब्बत करता था। तुमने उसकी परवाह नहीं की थी। वह ज़िन्दगी से इतना निराश हो गया था कि उसने आगे पढ़ना छोड़ दिया था।"

"यह उसकी बेवकूफी थी।"

"मैंने इसीलिए कहा था कि तुमसे खतरा तुम्हें नहीं दूसरों को हो सकता है।"

"मैं अपनी ज़िम्मेवार हूं। दूसरों की नहीं। आत्मजीत बिल्कुल पागल था। पहले वह नज़्में लिखकर दुःखी होता था, फिर इस बात से दुःखी रहने लगा कि उन नज़्मों का मुझपर असर क्यों नहीं होता। वह ज़बर्दस्ती मुझे प्रभावित करना चाहता था। एक मेरा कज़न भी ऐसा ही था। ब्लेड से अपनी उंगली से खून निकालकर वह उस खून से मुझे खत लिखता था ··· "

"तुम्हें इन खतों को पढ़कर कुछ न नहीं होता था ? " पाल ने मालती से पूछा और पूछते-पूछते उसका रंग पीला पड़ गया।

"मुझे उन खतों से खून की बू आती थी, इसलिए मैं उन्हें पढ़ती नहीं थी।"

"मालती ! "

"मुझे ऐसे जज़बाती बेवकूफ लगते हैं।"

प्रोफेसर पाल के पीले हुए रंग में एक हल्की-सी रंगत आ गई। उसे लगा कि वह मालती को कुछ-कुछ समझ रहा था। मालती को किसीका रोमांटिक स्वभाव पसन्द नहीं था। उसे किसी गहरे और गम्भीर स्वभाव के आदमी की कदर हो सकती थी। और पाल को लगा कि यही वह धागा था जिससे खिंची हुई मालती आज उसके पास आई थी। पाल के पैरों के नीचे बिछी हुई घास और अधिक ठंडी और ऊंची हो रही थी। उसके सिर से भी ऊंची उठ रही थी। पाल ने मालती के सिर को अपने कन्धे से लगाकर अपना सिर उसके बालों पर रख दिया। उसका सारा बदन और सारी सोचें घास के पाताल में उतरती जा रही थीं।

दो

मालती के पलंग पर बिछा हुआ सिंबल रुई का गद्दा रेशम की मोटी तह जैसा था। पीठ धंस-धंस जाती थी। पर आज मालती को लगा कि रुई की नरमाई में सिर्फ उसकी पीठ ही नहीं धंस रही थी, उसका सारा बदन रुई के ढेर में उतरता जा रहा था, । अपने बदन पर झुके हुए प्रोफेसर पाल के बदन का भार उसे इतना ज़्यादा महसूस हो रहा था जैसे वह इस भार से रुई के पड़े ढेर में डूबती जा रही हो।

मालती ने एक भरा हुआ सांस लेने के लिए अपने सिर को ऊपर उठाना चाहा। मालती के कन्धों के पास पाल के कन्धे झुके हुए थे और पाल की गर्दन मालती के माथे पर इस तरह झुकी हुई थी कि मालती से अपना सिर न हिलाया गया।

"आज की रात सपने जैसी है।" पाल ने धीरे से कहा।

"सुबह होने में अभी कितनी देर बाकी है ?" मालती ने जल्दी से कहा। उसे लगा कि वह अगर अभी कुछ न बोलेगी तो फिर वह बिल्कुल कुछ न बोल सकेगी। उसके गले में उसका सांस घुट रहा था।

"मालती !"

"मेरा सांस घुट रहा है।"

पाल ने धीरे-से अपने होंठों से मालती के होंठों को छुआ और फिर पलंग की एक ओर हो गया।

यह पाल और मालती के विवाह की पहली रात थी।

पाल ने मालती को इतने कोमल हाथों से छुआ था, जैसे कोई हल्के-से फूल की पत्तियों को दुलारता है। उसकी उंगलियों में होंठों जैसी नरमाई थी। सिर्फ ऊंगलियों में ही नहीं अंग-अंग में होंठों जैसी नरमाई थी, उसके बदन पर जैसे दो होंठ न हों हज़ारों होंठ हों। पर मालती कह रही थी :

"मेरा सांस घुट रहा है।"

"कमरे की एक और खिड़की खोल दू ?"

"प्लीज़!"

पाल ने उसके कमरे की एक और खिड़की खोल दी। यह एक पहाड़ी होटल का कमरा था। वैसे भी बड़ा ठंडा था। खिड़की से आती हुई हवा से और ठंडा हो गया। पाल ने कम्बल की कन्नी खींचकर मालती के बदन पर कर दी। वह मालती के पलंग से उठकर अपने पलंग पर चला गया। ठंडी हवा की तरह झुनझना देने वाला विचार पाल के दिमाग में आया कि आज रात मालती ने बेशक उसे किसी बात से इनकार नहीं किया था, पर उसने जब भी मालती के होंठों को छूना चाहा था, मालती ने अपने सिर को बाएं या दाएं घुमाकर उसके होंठों से अपने होंठ परे कर लिए थे।

"शायद उसे मेरे सांस की गंध अच्छी नहीं लगी।" पाल ने जैसे कसीस लेकर सोचा। जहां तक मालती के सांस का सवाल था, पाल को उसके सांस में से इस तरह की प्यारी महक आई थी जैसे उसकी सांसों में रात की रानी के फूलों की महक घुली हुई हो। पाल का दिल किया था कि वह इस महक को जी भरकर पीता रहे। वह बार-बार अपने होंठों से मालती की सांसों के घूंट लेता रहा था। पर पाल के दिल में पछतावे की एक टसक उठी कि इस महक के बदले में वह मालती को कोई महक नहीं लौटा सका था।

"मैं यहां आपके पास सो जाऊं ?" मालती ने पाल के पलंग के पास आकर पूछा।

"यहां ? हां ज़रूर," पाल कुछ हैरान हुआ, और खुश भी। उसने पलंग की तरफ खिसककर मालती के लिए जगह बना दी।

"मेरा ख्याल था कि तुम अकेली सोना चाहती हो, मैं इसलिए उठकर आ गया था।"

"उस पलंग पर सोते हुए एक अजीब-सी गंध आती है।" मालती ने कहा और पाल की बांह पर सिर रखकर लेट गई।

"अगर तुम यहां अकेली लेटना चाहो तो मैं उस पलंग पर चला जाऊं ?"

"नहीं। मैं बिल्कुल आराम से लेटी हूं।"

"तकिया ला दूं?"

"बांह थक जाने से डरते हैं ?"

"तुम सारी रात, सारी उमर मेरी बांह पर सिर रखकर सोती रहो, मेरी बांह नहीं थकेगी।"

...और कुछ मिनटों बाद ही पाल ने देखा कि मालती गहरी नींद सो गई थी। पाल की बांह उसी तरह मालती के सिर के नीचे रखी हुई थी। खिड़की में से हल्की रोशनी अन्दर आ रही थी। पाल ने देखा कि मालती का चेहरा बड़ा मासूम था, बड़ा निश्चिन्त। पाल ने चैन का एक गहरा सांस लिया और सो रही मालती के बालों को चूम लिया।

सारा-सारा दिन मालती पहाड़ी पगडंडियों पर चलती थकती नहीं थी। झरनों में से पानी की अंजुलियां भर-भर उछालती थी। गर्म नीली ज़ीन की और काले स्वेटर की चुस्त पोशाक में वह पाल का हाथ थामकर पहाड़ी की ढलानों पर चलती नहीं, उड़ती थी। पाल की ज़िन्दगी के ये दिन पंखों की तरह कोमल और हवा में तैरते दिन थे। पर इन दिनों का जैसे सूरज की रोशनी से गहरा नाता हो। जैसे ही सूरज ढलता था, रात का अंधेरा फैलता था, मालती की आंखों में नींद झुक आती थी। वह रात को अगर पाल की बांह पर सिर रखकर चुपचाप सो जाती तो रात भी दिन के पंखों की तरह मुलायम हो जाती थी। पर पाल अगर रात को मालती के जिस्म से कुछ मांगता था तो यही रात सिक्के की तरह भारी हो जाती थी।

मालती का रिश्ता जैसे पाल के किसी और अंग से नहीं था, सिर्फ उसकी बांह से था। मालती का विवाह ही जैसे पाल की एक बांह से हुआ हो। पाल ने अपनी जवानी के दिनों में जिस्म की भूख को इस तरह संभाला हुआ था कि वह भूख अब भी बे-रोक नहीं हो सकती थी, मनआई नहीं कर सकती थी, और पाल के कहने से बाहर नहीं जा सकती थी। इसका उसे फिकर नहीं था। उसे हल्की-सी सिर्फ इतनी सोच थी कि मालती की इस भरी उमर में भी अगर उसकी जिस्मानी भूख नहीं जगी थी तो यह कुछ गैर-कुदरती बात थी।

पाल और मालती जब पहाड़ से वापस आए तो मालती ने पाल की साइंस की लेबोरेटरी में उसके साथ काम करते हुए ज़िन्दगी को इस तरह भर दिया कि देखने को ज़िन्दगी में कोई कसर नहीं थी। पर जैसे भरे हुए टब में कहीं कोई छोटा-सा छेद होता है, जो उसकी भरपूरता को हमेशा कम करता रहता है, पाल और मालती की रातें उनके भरे दिनों को कम करती जाती थीं। दिन बड़े भरपूर थे, रातें बड़ी रीती थीं।

लेबोरेटरी में भी लोग होते थे, कालेज में और भी लोग होते थे, क्लब में और भी लोग होते थे, और जब पाल और मालती के गिर्द और लोग होते थे, पाल को मालती बड़ी अपनी लगती थी। पर जब उनके पास कोई न होता तो पाल को मालती बड़ी बेगानी लगती थी। रात का अंधेरा जैसे दोनों के बीच बिछ जाता था। पर पाल को इस बात की बड़ी तसल्ली थी कि मालती का कहना, सुनना, उठना, बोलना कभी भी एक रवायती होने की कोशिश नहीं करता था। पाल का ख्याल था कि हर औरत के पास समय को एक रवायती ढंग से संभालने का सलीका होता है। और उसे इस बात की तसल्ली थी कि मालती को यह सलीका नहीं आता था। मालती रात को अगर पाल से बात करती थी तो उसके होंठों में लफ़्ज़ सिसकते महसूस होते थे। और वह दिन में पाल से बातें करती थी तो उसके होंठों में लफ़्ज़ गाते महसूस होते थे। इस लिए पाल को मालती का हर लफ़्ज़ सीधा सच से जुड़ा हुआ लगता था।

मालती और पाल एक ही कालेज में पढ़ाते थे। घर से एक साथ जाते थे। पर उन दोनों के पीरियडों में इतना फर्क था कि पाल हफ्ते में दो बार जल्दी खाली हो जाता था। ये दो दिनों का अधिक समय वह लेबोरेटरी में गुज़ारता था। मालती वापस आकर अक्सर लेबोरेटरी में चली जाती थी, पर कभी-कभी वह अकेली अपनी शाम अपने कमरे में ही गुज़ारती थी। एक दिन ऐसी ही शाम थी, पाल अकेला लेबोरेटरी में रहा था और मालती अपने कमरे में। जब पाल वापस आकर कमरे में मालती के साथ खाना

खाने बैठा तो उसे लगा कि मालती आज ज़रूरत से ज़्यादा चुप थी। रोटी खाते हुए दो बार मालती के हाथ से प्लेट छूट गई। पाल ने कई बार पूछा, पर मालती ने कुछ न बताया। सोने के कमरे में जाकर जब मालती ने कपड़े बदले, गुसलखाने में हाथ-मुंह धोया, तो शीशे के सामने खड़ी मालती को लगा कि उसका मुख कुछ इस तरह उतरा हुआ था, जैसे वह पांच-सात साल की बच्ची हो, उससे कोरे के बड़े कालीन पर स्याही बिखर गई हो, और अब वह अपने बाप की आंखों से बचने के लिए छुपकर दरवाज़े के पीछे खड़ी हो। मालती को खुद ही अपनी सोच पर हंसी आ गई और इस हंसी से उसका चेहरा एक ज़िद्दी बच्चे के चेहरे की तरह तन गया।

"मुझे तलाक लेना है।" मालती ने पलंग के पाए पर बैठते हुए कहा।

"क्या?"

"मुझे तलाक लेना है।"

"मालती··· ।"

मालती ने कोई जवाब न दिया। पाल भी काफी देर चुप रहा। कुछ देर के लिए पाल का रोशन और हवादार कमरा वह गुफा बन गया जहां अंधेरे में अपना हाथ भी न दिखता हो। फिर अंधेरे में टटोलते हुए पाल ने धीरे से कहा, "मुझे तुम्हारी बिल्कुल समझ नहीं आई।" यह पाल ने सिर्फ कहा था पूछा नहीं था।

"मैं बरटन के साथ विवाह करना चाहती हूं।" अचानक मालती बोली।

"बरटन ···"

"आपका अंग्रेज़ दोस्त ···"

इन्सानी मन की गुफा से गुज़रते हुए हांफकर पाल ने पूछा, "मालती, तुमने मुझसे विवाह क्यों किया था ? "

"पता नहीं।"

"तुम जानती हो। न तुम्हारे पिताजी मानते थे न भाई। पर तुमने सबों से ज़िद्द ठान ली थी।"

"मेरा ख्याल था कि मैं आपसे मुहब्बत करती हूं।"

"और अब ? "

"मेरा ख्याल है कि मैं बरटन से मुहब्बत करती हूं।"

पाल को मालूम था कि मालती का कहना, सुनना, बैठना, बोलना कभी भी औपचारिक होने की कोशिश नहीं करता था। और पाल को मालूम था कि हर औरत के पास वक्त को संभालने का जो सलीका होता है, वह सलीका मालती को कहीं नहीं था, और पाल को कभी इस बात का शिकवा नहीं हुआ, बल्कि हमेशा भरोसा रहा था, कि इस कारण मालती की हर सोच और हर शब्द में एक ईमानदारी होती थी। इस ईमानदारी पर पाल को अब भी कोई सन्देह नहीं हुआ, बल्कि उसका यक़ीन और भी बढ़ गया। पाल उन विरले लोगों में से था जो मनोविज्ञान को सिर्फ पढ़ते ही नहीं, अपने जीवन में उतार लेते हैं। पाल ने एक गहरी सोच में डूबकर कहा:

"मेरा ख्याल है कि तुमने मुझे कभी मुहब्बत नहीं की थी ···"

"यह बात गलत है।"

"मेरा यह मतलब नहीं कि तुम यह बात गलत कह रही हो, पर जो चीज़ तुम्हें मुहब्बत लगती थी, वह मुहब्बत नहीं थी।"

"फिर वह क्या था ? "

"मुझमें तुमने मुझे नहीं देखा था, एक परछाईं को देखा था, किसी और की परछाईं को।"

"किसकी परछाईं को ?"

"मेरा ख्याल है अपने बाप की परछाईं को।"

"आपका ख्याल है यह फादर फिक्सेशन थी ?"

"हां ! तुम इसीलिए मेरी बांह पर सिर रखकर सो सकती थीं। पर तुम यह नहीं सोच सकती थीं कि मेरे और तुम्हारे जिस्म का कोई और रिश्ता भी हो सकता है।"

"मेरा ख्याल था कि मेरे जिस्म में और कोई भूख नहीं।"

"और अब ?"

"बरटन जब मुझसे हाथ भी मिलाता है मेरा जिस्म सुलग उठता है। ऐसा मुझे पहले कभी नहीं हुआ था।"

"शायद यह अहसास तुम्हें एक बहुत अजनबी आदमी के साथ ही आ सकता था, किसी बेगानी कौम के, किसी बेगाने देश,के आदमी के साथ ···"

"पता नहीं। पर अगर यह ठीक भी हो और इसे समझ भी लूं तो कोई फर्क नहीं पड़ता। मैं बरटन के साथ विवाह करना चाहती हूं।"

पाल कुछ देर चुप रहा, फिर उसने पूछा :

"तुम्हारे पिताजी मान जाएंगे ?"

"न भी मानें तो क्या कर सकते हैं ?"

पाल को मालती से इतने सख्त लफ़्ज़ों की उम्मीद नहीं थी। उसने एक गहरा सांस भरा। एक बार उसके मुंह से धीरे से निकला :

"तुम किसीको प्यार नहीं करती हो मालती।"

"आई मस्ट हैव बरटन ····" मालती ने कहा। मालती के शब्द रस्सी की तरह बल खाए हुए थे और ये शब्द उसे अपनी पकड़ में कसते जा रहे थे। मालती उठकर पलंग पर लेट गई।

"आल राइट ! यू विल हैव युअर बरटन !"

पाल ने कहा और पलंग पर सोने की जगह खिड़की में खड़ा हो गया।

मालती के पलंग पर बिछा हुआ सिम्बल रुई का गद्दा रेशम की मोटी तह जैसा था। पीठ धंस-धंस जाती थी। पर आज मालती को लगा कि रुई की नरमाई में, सिर्फ उसकी पीठ ही नहीं धंस रही थी, उसका सारा बदन रुई के ढेर में डूबता जा रहा था। उसका बदन हल्का-सा था, पतला-सा था। पर मालूम नहीं कौन-सा भार उसपर पड़ता जा रहा था। वह उस भार से दबी हुई रुई के पाताल में उतरती जा रही थी।

तीन

कमरे का हल्का अंधेरा जब कजला गया तो मालती को लगा कि उसके पैरों के नीचे सख्त और पक्की ज़मीन नहीं थी, सिर्फ अंधेरे

की तह थी।

पिछले दिनों मालती ने खुशबुओं की एक तह देखी थी। एक जिस्म की खुशबू। बरटन के जिस्म को छू-छकर और सूंघ-सूंघकर मालती को ऐसे लगता रहा था जैसे खुशबुओं का एक वजूद होता है, एक आकार होता है, और धरती की तरह उसकी एक पर्त होती है। फिर इस पर्त पर खड़े-खड़े मालती के पैर कांपने लगे थे। मालती अगर बरटन से कहती कि आज क्लब नहीं जाना तो बरटन उसे अकेली छोड़कर क्लब चला जाता था। मालती की तबीयत खराब होने पर भी वह फिल्म देखने चला जाता। मालती रात को अंधेरे में सोना चाहती, पर वह रात को जितनी देर अखबार पढ़ता, कमरे की बत्ती न बुझने देता। और आज खुशबुझों के पर्त पर खड़ी मालती के पैरों को धक्का-सा लगा कि जब बरटन अपनी एक पुरानी दोस्त के बुलाने पर उससे मिलने चला गया और जाता हुआ मालती से कह गया, "मुझे तुमसे मुहब्बत है। पर तुम अपनी मुहब्बत में मुझे इस तरह कस रही हो कि मेरा सांस घुट रहा है। तुम मुझे एक 'चीज़' समझती हो, एक जीता-जागता इन्सान नहीं। मेरी मर्ज़ी तुम्हारी मर्ज़ी से कभी अलग भी हो सकती है, तुम इस बात को क्यों नहीं समझती हो ?" बरटन ने ये शब्द बेशक बड़ी नर्मी से कहे थे, और यह भी कहा था कि अगर मालती चाहे तो उसके साथ चल सकती थी, पर मालती के पैरों को एक ऐसी ठोकर लगी कि वह खुशबुओं की पर्त से फिसलकर अंधेरे की पर्त पर आ गिरी थी। और बरटन के चले जाने पर दरवाज़ा भिड़काते हुए मालती को लगा था कि उसके दिल में भी एक दरवाज़ा बन्द हो गया था।

मालती का सिसक-सिसककर रोने को जी हुआ। पर उसके सामने एक ऐसी वीरानी थी जिसमें उम्मीद तो क्या आंसू भी नहीं उग सकते थे।

नींद एक बुखार की तरह मालती के सिर में घिर आई। सपने की बे-सुरती सुखी में मालती ने देखा—उसकी उमर तीन साल थी। उसने छोटी-सी फ्राक पहनी हुई थी और हाथ में रबड़ का एक सांप पकड़ा हुआ था। उसके जन्म-दिन पर उसके पिता ने खिलौनों

की भरी हुई टोकरी उसे दी थी। बाकी सारे खिलौने साधारण थे। —पर रबड़ का वह सांप साधारण नहीं था। क्योंकि जब मालती ने हाथ में उस सांप को पकड़कर अपने बाप को डराना चाहा था तो वह सचमुच डर गया था। मालती को बड़ी हंसी आई थी। फिर उसने उस सांप से मां को डराना चाहा था, वह भी डर गई थी। फिर उसने उस सांप से अपने भाइयों को डराना चाहा था। उसका ख्याल था कि उसके तीनों भाई बड़े तगड़े और साहसी हैं, पर मालती के सांप से वे भी इतना डर गए थे जैसे सांप ने उनके पैरों को सचमुच डस लेना था। और सबने मालती को बताया था कि यह सांप जादू का सांप था। यह सबको डराता था सिर्फ मालती को नहीं डराता था।—और मालती ने जब घर के नौकरों पर भी इस बात को आज़माकर देख लिया तो उसे यकीन हो गया कि उसके पास कोई एसी ताकत थी, जो और किसीके पास नहीं थी।

और मालती ने अपने-आपकी उन परियों और शहज़ादियों से तुलना की जिन्होंने कोई 'जिन्न' अपने वश में किया होता था, और मालती को यकीन हो गया कि परियों की कहानी सच होती थीं।

मालती बड़े दुलार से पली हुई अपने दादा की तीन पीढ़ियों में एक ही एक लड़की थी। मालती ने अंधेरे-सवेरे उस सांप को अपने पैरों और हाथों से कई बार छूकर देख लिया था। वह मालती को नहीं डंसता था। वह जब भी घर के किसी और आदमी को यह सांप छुआती थी तो वह चौंककर पीछे हट जाता था। एक बार तो यह भी हुआ था कि उसका एक भाई इस तरह चारपाई पर लेट गया था कि कितनी ही देर वह नहीं बोला था और मालती ने समझा था कि उसे सांप का ज़हर कुछ ज्यादा चढ़ गया था।—वह मां के पास जाकर रोने लगी थी, पर मां ने उसे बताया था कि उसके हाथों में ज़हर को उतारने की ताकत भी है। वह अगर अपने भाई के पैर को हाथों से सहलाकर फूंक मारे तो ज़हर उतर जाएगा। और मालती ने जब ऐसा किया था तो उसका भाई हंसता हुआ उठ बैठा था। और मालती को एक ऐसा जादू मिल गया था कि उसका

जब भी किसी चीज़ को दिल करता वह अपने बाप को कहती कि उसके लिए वह चीज़ ला दी जाए नहीं तो वह सांप डंसा देगी। उसका बाप उसका माथा चूम लेता और कहता कि वह सांप न डंसाए, उसकी चीज़ आज रात को ज़रूर मिल जाएगी। और मालती अपने सांप को बड़े प्यार से देखने लगती थी।—

मालती की चौंककर आंख खुल गई। इस सपने ने पता नहीं कैसे उसके मन की धरती कुदाल दी थी—मालती की आंखों के सामने बिछी हुई बंजर बीरानी में और तो कुछ न उगा, पर बहुत-से आंसू उग आए।

मालती को लगा कि अपने बचपन का खेल वह अब भी खेल रही थी। रबड़ का सांप अब भी उसके हाथों में पकड़ा हुआ था—सिर्फ इस सांप ने रूप बदल लिया था। यह उसकी जवानी बन गया था, उसका हुस्न बन गया था और इसके ज़ोर से वह किसीको अपनी बात मना लेना चाहती थी।

"पाल ने सच कहा था कि मैं उससे मुहब्बत नहीं करती थी। मुझे उसके गम्भीर स्वभाव में अपने पिता का भ्रम हुआ था और मैंने सोचा था कि वह सारी उम्र मेरे बाप की तरह मेरी परवा करता रहेगा। मेरे हाथ में पकड़े सांप से डरता रहेगा और मेरी हर मर्ज़ी को मानता रहेगा ···

बरटन मुझे अच्छा लगा, खूबसूरत लगा, और मैंने उसे पाल से उसी तरह मांग लिया जैसे मैं अपने बाप से चाकलेट मांगा करती थी ·····

मैं बरटन से मुहब्बत नहीं करती। मुझे उसके होंठों की और उसके जिस्म की गन्ध उसी तरह अच्छी लगी थी जैसे मुझे आईस-क्रीम की या चाकलेट की खुशबू अच्छी लगा करती थी। ····

और मालती छलककर रो पड़ी, "मेरी जवानी, मेरा हुस्न रबड़ का सांप है, इसमें मुहब्बत का डंक नहीं। इसका ज़हर किसीको नहीं चढ़ सकता सचमुच का ज़हर नहीं चढ़ सकता ······"

और मालती ने नींद की एक गोली खाई, दूसरी गोली खाई, तीसरी गोली खाई और जब पांचवीं गोली खाई तो उसे लगा कि

उसके पैरों के नीचे बिछा हुआ अंधेरा बड़ा ही गहरा था।—अंधेरा उसके घुटनों तक आ गया था ···अंधेरा उसकी कमर तक आ गया था— अंधेरा उसके गले तक आ गया था अंधेरा और वह अंधरे के पाताल में उतरती जा रही थी।

एक लड़की एक शाप

लेखा जैसे एक प्रान्त थी, और मैं सदीकी एक ज़िला था। एक प्रान्त में कई ज़िले होते हैं, सुखपाल भी मेरी तरह एक ज़िला था, बलराज भी एक ज़िला था, करतार भी एक ज़िला था और प्रेम भी एक ज़िला था। यह सच्ची बात है कि हम सभी ज़िलों को आपस में कोई ईर्ष्या नहीं थी। लेखा हम सभीकी इंटलैक्चुअल मित्र थी। हम सबपर उसका राज था।

आप पूछेंगे भला हम पांचों के अतिरिक्त और कोई व्यक्ति इंटलैक्चुअल नहीं था ? फिर लेखा के प्रान्त में केवल पांच ही ज़िले क्यों थे ? वास्तव में जिन लोगों से लेखा का वास्ता पड़ता था वे प्रायः इंटलैक्चुअल ही होते थे। परन्तु उन्हें लेखा के प्रान्त में ज़िला बनने का भेद नहीं आता था। वे आपस में एक-दूसरे की नज़रों को बचाकर लेखा को एक-दो बार मिलते थे और तीसरी बार वे अपनी मुहब्बत एक इलायची की तरह अपनी हथेली पर रखकर ले जाते थे, और लेखा को इलायचियां अच्छी नहीं लगती थीं।

हम पांच ज़िलों ने भी पहले पहल एक-दूसरे को माथे पर बल डालकर देखा था, परन्तु फिर हमारे चेहरे खिल गए थे, हम जहां-जहां खड़े हुए थे, हमने अपना-अपना स्थान पहचान लिया था। न हम एक इंच आगे हो सकते थे और न एक इंच पीछे ही होना सम्भव था। और फिर हमें यह महसूस होने लग गया कि लेखा एक लड़की नहीं थी, एक मित्रता थी। हमारे पांचों मित्रों की मित्रता।

अथवा हम पांच ज़िले थे और हम पांचों को सम्मिलित कर लेखा एक प्रान्त थी।

संसार की बहुत अच्छी-अच्छी किताबें हम चुन-चुनकर पढ़ते थे। पहले किताबों का विनिमय करते थे और बाद में विचारों का। हम मिलकर कॉफी पीते थे, सिगरेट पीते थे। होटल का बिल अदा करने के बारे में लेखा ने एक फैसला किया हुआ था। हम सब बारी बारी पैसे देते थे। लेखा भी बारी पर बिल चुकाती थी। उसका कहना था, "जब कोई मर्द किसी औरत को पैसे नहीं खरचने देता, वह एक बहाने से उसकी स्वतंत्रता को खरीदना चाहता है।" और लेखा अपनी स्वतन्त्रता बेचना नहीं चाहती थी। वह एक दफ्तर में नौकरी करती थी। आप कमाती थी, आप खर्च करती थी।

विवाह के बारे में लेखा का दृष्टिकोण विचित्र था। वह कहा करती थी कि औरत को जब अपनी ज़िन्दगी के शब्दों में अर्थ भरने नहीं आते तो वह दूसरे के अस्तित्व से अर्थ ढूंढ़ती है। कोई मर्द परिश्रम करके सेठ बनता है, वह विवाह करके सेठानी बन जाती है। व्यक्तिगत सफलता की चढ़ाई जब उससे नहीं चढ़ी जाती तो वह विवाह की उतराई उतर जाती है।

आधुनिक औरत के सम्बन्ध में भी लेखा के विचार विचित्र थे कि आज की लड़की इसलिए पेट भर नहीं खाती कि उसके शरीर की बनावट खराब हो जाएगी। वह खुलकर नहीं हंसती कि उसके मुंह पर शीघ्र ही रेखाएं पड़ जाएंगी। वह धूप नहीं सेकती कि उसका रंग सांवला पड़ जाएगा। वह अपने हाथों से काम नहीं करती कि कहीं उसकी हथेलियां खुरदरी हो जाएंगी। और वह मुहब्बत नहीं करती कि कहीं उसकी आंखों के गिर्द गहरे रंग के घेरे पड़ जाएंगे।

हम आयु में भी एक जैसे थे और विचारों में भी एक विचार के थे। परन्तु मुहब्बत के लिए न मालूम कौन-सा स्तर अपेक्षित है? एक बार हमने फ्रांस के चित्रकार लाटरिक की जीवनी पढ़ी। उसमें लाटरिक की एक मित्र लड़की का उल्लेख आता था, वह इस शर्त पर लाटरिक के जीवन में दाखिल हुई थी कि जिस दिन भी लाटरिक ने उस लड़की से मुहब्बत आरम्भ कर दी वह उसी दिन लाटरिक

के जीवन से निकल जाएगी—हम सभी मित्रों ने समझ लिया कि हमारा नाम लाटरिक है और उस लड़की का नाम लेखा है। हम लाटरिक का हशर पढ़ चुके थे। वह कम्बख्त काफी देर अपनी मुहब्बत को अपने होंठों की कम्पन में छिपाता रहा। परन्तु एक दिन सब कुछ उसके मुंह से निकल गया और उस लड़की ने अपनी बेतरस शर्त पूरी कर दी।—अतः हममें से किसीने भी लाटरिक वाली भूल न की। वैसे यह ईश्वर ही जानता है कि हमारे हृदयों की तहों में लेखा के लिए कितनी मुहब्बत थी।

कभी-कभी हम जलकर लेखा को शाप दे दिया करते थे कि एक दिन ऐसा भी आएगा जब लेखा को किसीके साथ असीम मुहब्बत हो जाएगी और वह—व्यक्ति लेखा की मुहब्बत को आश्रय देने के योग्य नहीं होगा।—आज यह बात करते हुए मैं अपनी ज़बान काट रहा हूं, क्योंकि लेखा को हमारा शाप लग गया।

कौशल के साथ लेखा की जान-पहचान हमने अपनी आंखों देखी थी, और फिर हमने अपने कानों से सुना कि लेखा की ज़बान से लेखा की आवाज़ नहीं निकली थी, कौशल की आवाज़ निकली थी।

हम किसी किताब की बात करते, लेखा कौशल के मुंह की ओर देखती। कौशल को विचारों के ये आदान-प्रदान अच्छे नहीं लगते थे, लेखा चुप हो जाती थी। अगर हम कॉफी का निमन्त्रण देते थे, कौशल को कोई बड़ा ज़रूरी काम याद आ जाता था, और लेखा ने उसके साथ जाना होता था अगर हम कभी लेखा को सिगरेट देने लगते थे, कौशल एक कड़ी-सी दृष्टि से लेखा की ओर देखता था और लेखा का हाथ पीछे हो जाता था।—हमें पता नहीं लगता था कि हम हंसें कि रोएं। लेखा को हमारा शाप लग गया था।

हमारे प्रान्त पर जैसे किसी पड़ोसी प्रान्त ने हमला कर दिया था, और हमारा प्रान्त दिन-प्रतिदिन हारता जा रहा था। और फिर एक दिन हमने अचानक सुना कि लेखा अपने दफ्तर से इस्तीफा देकर उस शहर चली गई है, जहां कौशल की नौकरी थी। हमारा प्रान्त हार गया था, हम ज़िले भी हार गए थे। यह बात १९६० की थी। कॉफी भी पीते थे, सिगरेट भी पीते थे, परन्तु हमें महसूस

होता था जैसे किसीने हमारी ज़िन्दगी के कैलण्डर से १९६० का पृष्ठ फाड़ दिया है।

समय के कैलेण्डर ने पृष्ठ उल्टा, और एक उच्छवास की तरह उसके मुंह से निकला १९६१।

गहरी अंधेरी रात थी, जब मेरे कमरे का दरवाज़ा खटका। दरवाज़े की आवाज़ में कांच के चूड़ियों की छनक सुनाई दी। मैंने हैरान होकर दरवाज़ा खोला। लेखा खड़ी थी। लेखा नहीं जैसे लेखा की परछाईं खड़ी थी। मैंने परछाईं को अपनी बांह का आश्रय दिया।

लेखा मेरी ओर इस तरह देख रही थी, जैसे वह मुझे पहचान नहीं रही थी। परन्तु यह बात भी गलत थी, यदि वह मुझे पहचानती नहीं थी तो उसने मेरा कमरा कैसे पहचान लिया था।

लेखा।

लेखा बोली नहीं।

मैंने उसका हाथ पकड़ा। हाथ, जैसे वह बर्फ का टुकड़ा हो। शरद् की रात थी और लेखा के शरीर पर एक पतली-सी धोती थी। मैंने लेखा को किसी कुर्सी पर बैठने के बजाय अपनी चारपाई पर बैठा लिया और उसके शरीर पर एक बड़ा कम्बल लपेट दिया।

"लेखा, तुम इस समय अकेली ?" लेखा को जैसे मेरी आवाज़ सुनाई दी परन्तु बात नहीं सुनाई दी। वह एकटक मेरी ओर देख रही थी।

मैंने बिजली के चूल्हे पर पानी रखा और जल्दी से चाय का एक प्याला बनाया। चाय का प्याला मैंने लेखा के मुंह को लगाया परन्तु अपने हाथों में पकड़े रखा। मुझे लगता था लेखा के हाथ से प्याला गिर जाएगा।

"कौशल कहां है ?" कितनी देर बाद मैंने पूछा।

पता नहीं चाय की गर्मी थी अथवा कौशल शब्द का प्रभाव था, लेखा के मुंह से निकला 'कौशल'।—लेकिन लेखा की आवाज़ जैसे जवाब नहीं थी, सवाल थी। जैसे वह मुझे कुछ बताने के बजाय मुझसे कुछ पूछ रही हो।

मैंने लेखा के पांवों से चप्पल उतारे, और उसको चारपाई पर लेटाकर उसके ऊपर एक और कम्बल डाल दिया। आप मैं खड़ा ही खड़ा उसका माथा दबाने लग पड़ा।

कितनी देर लेखा ने आंखें बन्द रखीं, और फिर हाथ से चारपाई के बाहरी ओर इशारा किया कि मैं चारपाई पर बैठ जाऊं। फर्श की सर्दी मेरे पैरों को चढ़ी हुई थी। मैं दोनों पैर जोड़कर चारपाई पर बैठ गया। और लेखा पर पड़े हुए कम्बलों के एक किनारे को अपने पांवों के ऊपर कर लिया।

जैसे रात बहुत तेज़ होती जा रही थी, सर्दी बढ़ती जा रही थी। मैंने कम्बल का किनारा अपने घुटनों तक कर लिया था। लेखा ने चौंककर आंखें खोलीं और फिर चारपाई के दूसरे किनारे की ओर होकर जैसे मेरे लिए बहुत-सा स्थान बना दिया।

मैं सर्दी में काफी सुकड़ गया था, मेरा शरीर बेबस हो बिस्तर की गर्मी मांग रहा था, परन्तु जैसे ही मैंने कम्बलों को अपने कन्धों की ओर किया, मुझे कम्बख़्त लाटरिक की याद आ गई। मैं चौंककर फिर बैठ गया। मुझे महसूस हुआ जैसे मुझसे अभी कोई गुस्ताखी होने वाली थी, और लेखा ने अचानक उठकर मेरे कमरे में से दौड़ जाना था।

लेखा ने करवट ली और अपना सिर मेरे घुटनों पर रख दिया। एक बार तो मुझ ऐसा लगा कि मेरा घुटना उतर गया है, और मैं जहां बैठा था, वहां ही बैठा रह गया था। मेरा हृदय कांप रहा था। हे राम, यह मेरी किस तरह की परीक्षा है ?

लेखा की सांस मेरी टांगों को स्पर्श कर रही थी, यह सांस मेरे मन की आग को फूंकने लग पड़ी, और मुझे नहीं मालूम—मुझे नहीं मालूम किस समय मैंने सारी की सारी लेखा को अपनी बांहों में ले लिया।

वर्षों की गर्मी मेरे होंठों को चढ़ गई और मैंने लेखा के होंठ चूम लिए। लेखा को या तो चेतना नहीं थी अथवा कोई आपत्ति नहीं थी। उसने कुछ नहीं कहा। लेखा के होंठ जैसे एक नदी थे, और मेरी सांसें उस नदी में कभी डूबती और कभी तैर रही थी।

सुबह के प्रकाश ने आकाश की नदी में कुछ डुबकियां लगाईं और फिर नहा-धोकर पूर्व के किनारे बैठ गया।

लेखा ने अपने ब्लाउज़ के बटन बन्द किए और फिर अपने खुले बालों का जूड़ा करते हुए मेरी ओर देखा। मेरे चेहरे पर एक गर्व था, परन्तु यह गर्व उस लाल रंग के कपड़े की तरह था जिसपर काले रंग की पतली-पतली धारियां पड़ी हुई थीं। यह लज्जा की धारियां थीं। लेखा ने न कपड़े का लाल रंग देखा और न ही काली धारियां। कहने लगी, "मैं जीवित हूं ?"

लेखा के बोल सफेद कपड़े की तरह थे। न खुशी का कोई रंग था, न गुस्से का।

"कौशल कहां है ?" पता नहीं मैंने क्यों यह सवाल किया, शायद लेखा के सफेद कपड़ों जैसे वचनों से घबरा गया था। मैं लेखा के चेहरे पर कोई रंग देखना चाहता था।

"कौशल ने मुझे छोड़ दिया है।" लेखा की आवाज़ अब भी सफेद कपड़े की तरह थी।

"कौशल ने तुम्हें छोड़ दिया है ?" मेरे चेहरे पर कई रंग आए और कई गए।

"मुझे यह पता नहीं लग रहा था कि मैं जीवित हूं कि मर गई हूं···"

"शुक्र है, कल तुम्हें मेरी याद आ गई।"

"मैं स्टेशन पर थी, ···वहां कौशल भी था और फिर वह किसी गाड़ी पर चढ़ गया···मैं स्टेशन पर खड़ी रही ··· फिर स्टेशन से बाहर आ गई। ···फिर इस सड़क से जाती हुई मैं खड़ी हो गई, शायद इसलिए कि यहां आगे भी मैं कई बार आई थी। उस समय सुखपाल भी साथ होता था, बलराज भी, करतार भी, प्रेम भी। देख लो मुझे सारे नाम याद हैं ···इसका यह अर्थ है कि मैं पूरी तरह होश में हूं।"

"हां पूरी तरह होश में, बिल्कुल स्वस्थ और दलेर ···" और मैंने अपनी दोनों हथेलियों से लेखा के कन्धों को दबाया। कौशल के लिए मेरे मन में तीव्र घृणा और क्रोध पैदा हुआ। परन्तु

मैंने सभी विचारों का एक कड़वा घूंट भरा और लेखा को मुस्कराकर कहा, "तुम भूल जाओ, ऐसे आदमी को।"

"क्या ?" लेखा ने हैरान होकर मेरी ओर देखा।

"तुम कौशल को भूल जाओ।" मैंने ज़ोर से कहा।

मुझे महसूस हुआ जैसे पहले लेखा ने मेरी बात को समझा नहीं है।

"कौशल को भूल जाऊं ?" लेखा इस तरह तनके खड़ी हो गई, जाने कौशल का कोई दोष ही नहीं था, सारा दोष मेरा था।

"मैं कौशल के बिना जीवित नहीं रह सकती।" लेखा ने एक बार कहा और दरवाज़े की ओर भाग गई।

"कौशल ···कौशल" ···लेखा ने इस तरह ज़ोर की आवाज़ें दीं और सड़क पर दौड़ पड़ी, जैसे उसके आगे-आगे कौशल जा रहा था, और लेखा उसे आवाज़ देकर खड़ा करना चाहती थी।

मैं लेखा के पीछे भागा। लेखा कौशल के पीछे भाग रही थी, कौशल के नहीं, कौशल के ख्याल के पीछे। और सामने सड़क पर एक तेज ट्रक आ रहा था।

लेखा को जब मैंने ट्रक के पहियों के नीचे से निकाला, उसने एक बार आंखें खोलकर अपने चारों ओर देखा। शायद उसकी आंखें अब भी कौशल को ढूंढ़ रही थीं। आसपास कई लोग थे परन्तु कौशल नहीं था। लेखा की आंखें बन्द हो गईं।

लेखा शायद अब नहीं मरी थी, कल उस समय से ही मर गई थी जबकि कौशल उसे छोड़कर चला गया था।

रात वह मेरी बाहों में पड़ी रही थी, जाने किसी जीवित मानस के हाथों वह अपनी नब्ज़ देख रही थी कि वह मर गई है कि अभी ज़िन्दा है ! ···और अब उसे अपनी नब्ज़ देखने की भी ज़रूरत नहीं थी।

पतझड़

आंखों से बरसते पानी से बचने के लिए अलका ने पहले आकाश की ओर देखा फिर अपने आसपास। अलका ने जिससे इश्क किया था, उसीसे विवाह किया था। इश्क और विवाह की इस राह पर चलते हुए छः वर्ष हो गए थे। इन छः सालों में उसके सिर पर मुहब्बत के वृक्षों का आश्रय रहा था। आज अलका ने घबराकर उन वृक्षों की ओर देखा और उसके मन में आया कि वह आंखों से बरसते पानी से बचने के लिए भागकर किसी वृक्ष के नीचे जाकर खड़ी हो जाए। याद के किसी घने वृक्ष के नीचे। पर भाग्य ने न जाने कैसा टोना कर दिया था। अलका को लगा कि सब वृक्षों के पत्ते झड़ गए थे और आज पत्रहीन शाखाएं उसे इस बरसात से नहीं बचा सकतीं। अलका का सोचना एकांगी नहीं था। उसे पछतावा भी हुआ, पर एक सांत्वना भी मिली कि मुहब्बत के वृक्षों से अगर आज सारे पत्ते झड़ गए थे तो यह अच्छा हुआ था। अब वह मुक्त होकर नफरत के वृक्ष के नीचे खड़ी हो सकेगी। नफरत का वृक्ष कितना घना होता है।

अलका ने अपनी मुस्कान के प्याले में से पहला घूंट उसी तरह सांस रोककर भरा, जिस तरह कोई ज़िन्दगी में पहली बार शराब का घूंट भरता है। उसके हाथ झिझक रहे थे, उसके नाक में एक गन्ध चढ़ रही थी और उसका मुंह कड़वा हो गया था। नरेश अलका का चार वर्ष आशिक रहा था, दो वर्ष खाविंद रहा था और अब थोड़े-

से दिनों से गैर बन गया था, जैसे गैर बनना भी कोई रिश्ता हो।

"अलका तुम रो रही हो ?" अलका की सहेली कमरे में आई और अलका की सूजी हुई आंखों को देखने लगी।

"रोती रही हूं। पर अब नहीं रोऊंगी।" अलका ने सिर ऊपर उठाया और उसकी लाल हुई आंखों में एक पीली चमक भर गई।

"अगर वह तुम्हारे बिना जी सकता है तो तू उसके बिना नहीं जी सकती ?"

"जी सकती हूं।" अलका ने कहा और उसकी लाल हुई आंखों में एक चमक भर गई।

"यह जीने की निशानियां हैं। तुम एक ही स्थान पर बैठी पत्थर बन जाओगी। दुनिया तुम्हें पत्थर की देवी बनाकर नहीं पूजेगी।"

"पूजा करवाने की तृष्णा मैं छोड़ बैठी हूं।"

"फिर उसीकी बात ? तुम उसके बारे में सोचना छोड़ नहीं सकतीं ? चल उठ, कहीं चाय पीने चलें—"

अलका और उसकी सहेली उमा चाय पीने के लिए एक चाय-घर में चली गईं। दिल्ली का वह चायघर फ्रांस के किसी चायघर की नकल पर बना हुआ था। बांसों और चटाइयों की दीवारों से कई एकान्त कोने बनाए हुए थे और बिजली की रोशनी को बांस की तीलियों की झीनी बुनाई से ढंका हुआ था, जैसे कमरे की रोशनी में अंधेरा छिटका हुआ हो।

अलका ने अपने कन्धों पर काले रेशम की चादर ओढ़ी हुई थी। कुहरे जैसी रोशनी में नीले रेशम की साड़ी और काले रेशम की चादर एक सघन पौध सी लग रही थी, जिसमें से अलका का मुख फूल की तरह खिला हुआ दिखाई देता था। पर अगर कोई इस समय इस फूल को हाथ लगाकर देखता तो उसे लगता कि यह फूल पत्थर का बना हुआ था।

"अलका, कॉफी ठण्डी पिओगी या गर्म ?"

"ठण्डी।"

"अलका ! तुम पहले ही पत्थर हो—और पथरा जाओगी।"

"अच्छा ही तो है, फिर कुछ भी न सोचूंगी, पत्थर कुछ नहीं

सोचते।"

अलका ने ठण्डी कॉफी का घूंट भरा और फिर अपने-आपपर खीझ उठी—"नरेश गर्म कॉफी कभी नहीं पिया करता था—पर उसे हमेशा गर्म कॉफी अच्छी लगती थी—"

अलका ने अपने मन को टटोला और उसे लगा कि आज वह ठण्डी कॉफी अपने नहीं, नरेश के होंठों से पी रही हो। अलका ने घबराकर अपनी सहेली के मुंह की ओर देखा।

"क्या बात है अलका ? "

"मुझे ठण्डी कॉफी नहीं पीनी।"

"मैंने तुम्हें पहले ही कहा था—यह गिलास रहने दो—मैं तुम्हारे लिए गर्म कॉफी मंगवाती हूं।"

अलका एकटक सामने मेज़ पर बैठी दो लड़कियों की ओर देखती रही। लड़कियों के मुख पर देखने योग्य कोई वस्तु नहीं थी— बस यही कि वे जवान थीं और बड़े चुस्त कपड़ों में आधी-सी लिपटी हुई थीं—यह शायद वह घड़ी थी जब मनुष्य चलता-चलता उस स्थान पर ठहर जाता है जहां अतीत की परछाइयां भी पड़ती हैं और भविष्य की परछाइयां भी, और मनुष्य इन परछाइयों में घिर जाता है।

"क्या देख रही हो अलका ? "

"लड़कियों को।"

"तुम्हारे जैसी सुन्दर नहीं।"

लड़कियां सुन्दर थीं या नहीं, अलका यह नहीं देख रही थी। उसे केवल यह दिखाई दे रहा था कि जैसे ये लड़कियां भी नरेश की परिचित रही हों, या कभी परिचित हो जाएं—ये लड़कियां—या इन जैसी और लड़कियां।

"अगर मैं इन लड़कियों के मुंह पर नाखूनों से एक-एक खरोंच डाल दूं—" अपने जाने अलका ने यह बात अपने मन में कही थी। पर वह बात उसके होंठों में से भी निकल गई और अलका अपनी आवाज़ से चौंक उठी।

"इन लड़कियों के मुख पर—" उमा ने हैरान होकर पूछा।

"दुनिया की सारी लड़कियों के मुंह पर।" अलका ने कहा और अपना नीचे का होंठ अपने दांतों में भींच लिया।

"फिर नरेश किसी लड़की के मुंह की ओर नहीं देखेगा— है न ?" उमा हंसने लगी।

"उमा ! तुम समझ नहीं सकतीं मुझे क्या हो रहा है।" अलका ने खीझकर कहा। और फिर स्वयं ही रुककर कहने लगी, "ये लड़कियां नहीं, नाखून हैं, जिन्होंने मेरी मुहब्बत का मुख खरोंच दिंया है—"

"पर इसमें लड़कियों का क्या दोष है, अलका। अगर नरेश—" उमा ने बात बीच में ही छोड़ दी और कहने लगी, "बात हम कहीं से भी शुरू करें, नरेश पर जा पहुंचती है। अब मैं तुम्हें नरेश की कोई बात नहीं करने दूंगी। मैं तुम्हें उसका नाम भी नहीं लेने दूंगी ···"

"मैं अपनी ज़बान को समझा दूं गी—" अलका मुस्करा उठी।

"तुम न अपने माथे के ख्याल को समझा सकती हो, न अपनी ज़बान को—"

"शायद—"

"इससे तो तू उसीके पास रहती—कुढ़ती रहती पर उसे अपनी आंखों से तो देखती रहती।"

"मैंने यह भी सोचा था, पर मुझसे यह नहीं हो सका, कुढ़ने के लिए भी जान चाहिए। वह जब भटकी हुई आंखों से किसी और लड़की के मुंह की ओर देखता था, मेरी नाड़ियों में से मेरे प्राण इस तरह बहने लगते थे, जैसे किसीको चाकू या छुरी लग जाए और उसकी नाड़ियों से खून बहने लगे—"

अलका कुछ देर चुप रही, फिर कहने लगी, "अब मुझे उसकी बगल में सोते हुए यूं नहीं लगता था कि हम दो जीवित मनुष्य सोए हुए हैं, ऐसे लगता था जैसे दो कबरें पास-पास सोई हुई हों ···"

उमा कितनी देर तक घबराकर उसके मुंह की ओर देखती रही। फिर कहने लगी, "पर अब भी उसको सोचकर तुम्हारी नाड़ियों में से प्राण बह रहे हैं। अगर तू रोज़ यूंही सोचती रही तो कुछ दिनों तक तुम्हारे शरीर में एक सांस नहीं रहेगा ···"

"नफरत में बहुत शक्ति होती है उमा। मैं रोज़ अपनी नाड़ियों में उसे भर लिया करूंगी।" अलका ने कहा और उसकी आंखों में एक नीली चमक भर गई।

अलका और उमा जब घर लौटीं, अलका ने हांफकर अपने कमरे को खोला, साड़ी को खींचकर उतार डाला और चारपाई पर लेट गई। अलका की सहेली अलका की साड़ी को समेटकर रख रही थी कि जिस समय उसकी नज़र अलका की चप्पलों पर पड़ी। दाएं पैर की एड़ी में एक मोटा-सा कील निकला हुआ था। उसने चारपाई पर लेटी हुई अलका के पैर की ओर देखा। अलका की एड़ी में एक गहरा छेद पड़ा हुआ था।

"अरे बाप रे···" सहेली ने घबराकर पैर को झकझोरा और कहने लगी, "अपना पैर तो देख···"

अलका ने पैर की ओर इस तरह देखा, जैसे पैर उसका अपना न हो और फिर करवट लेकर लेट गई।

उस समय तो नहीं, पर सन्ध्या समय जब अलका अपनी चारपाई पर लेटी हुई थी तो उमा उसके पास आकर उसके हाथों को और उसके बालों को सहलाने लगी।

"अलका, मैंने आज तुम्हारा दिल दुखाया है!"

"मेरा? वह कैसे?"

"तुम जब भी नरेश की कोई बात करती हो, मैं तुम्हें टोक देती हूं··दिल में मैं यह चाहती हूं कि तुम नरेश की घटना को भूल जाओ और ज़िन्दगी से बहल जाओ··पर मैं शायद जल्दी कर रही हूं··· अब मैं ऐसा नहीं करूंगी।···तुम्हारे मन की पीड़ा अगर तुम्हारे मन में ही रह गई तो जाने तुम्हें क्या हो जाए···"

"मुझे कुछ नहीं होता उमा! जो होना था हो गया···मैं खुद ही नहीं चाहती कि उसकी कोई बात करूं··· पर मुझे खुद ही पता नहीं चलता कि मुझसे किस समय कौन-सी बात हो जाती है।"

"तू जब उसके बारे में नहीं भी सोचती···तब भी तुम उसे सोच रही होती हो।"

"यह मेरे साथ अबकी ही नहीं हुआ उमा! पहले भी यूंही

होता था।"

"पहले कब?"

"जब मैं नरेश के पास रहती थी और उससे भी पहले जब वह सबसे चोरी मुझे मिला करता था।"

"तब क्योंअलका ?"

"मेरे अन्तर में विश्वास नहीं होता था।"

"कभी भी नहीं ? "

"बस उतनी देर, जितनी देर ···"

"जितनी देर वह तुम्हारे पास होता था ? "

"मैं उसके मुंह को देखती रहती थी। उसके हाथों को सहलाती रहती थी, उसकी गर्दन को सूंघती रहती थी ···फिर कुछ विश्वास होता था। पर असल में विश्वास मुझे तब आता था जब उसका सांस मेरे मुंह में घुला होता था, जब उसके शरीर का पसीना मेरे शरीर में घुला होता था। केवल उतनी देर मुझे यह नहीं लगता था कि मैं इस दुनिया में अकेली हूं।"

"पर तुम तो जानती हो अलका कि तुम्हें चाहने वाला एक नरेश नहीं था, बहुत लोग थे। तू ने ही किसीकी ओर नज़र भरके न देखा।"

"किसीको भी मिलकर मुझे यह नहीं लगता था कि मैं अकेली नहीं। वह केवल नरेश को मिलकर लगा था ···"

"लोग तुम्हें बड़ी ठंडी और निर्मोही कहा करते थे ···"

"विवाह से पहले एक बार नरेश घर आया था। मैं घर नहीं थी। वह मेरे कमरे में मेरी लिहाफ ओढ़कर सोता रहा। मेरी मां ने उस वर्ष सब लिहाफ धुलवाए थे, पर मैंने वह अपना लिहाफ नहीं धुलाने दिया था ···"

"विवाह से पहले इस तरह की भावुक बातें होती हैं अलका।"
"विवाह के बाद भी ··· वह जिस तौलिए से बदन पोंछता था, मैं गुसलखाने में जाकर कितनी देर उस तौलिए को सूंघती रहती थी। फिर जब मैं कपड़े धोकर सूखने डालती थी ···अपने कमीज़ की बाजू उसकी कमीज के गले में डाल देती थी ···"

"तुम्हारा क्या बनेगा अलका ? तू ···"

"तुम क्या कहना चाहती हो ? "

"तुम्हारे मन में कोई ऐसी बात तो नहीं कि औरत को केवल एक बार मुहब्बत करनी चाहिए ··· या केवल एक विवाह करना चाहिए ?"

"चाहिए या नहीं चाहिए यह सोचकर मुहब्बत नहीं होती। निवाह हो सकता है पर तू कहना क्या चाहती है ? ···यह कि मैं नरेश की जगह किसी और से प्यार करने लगूं ?"

"अलका !"

"मैं तुम्हारी बात समझती हूं उमा। मैं ऐसा ही करूंगी जैसे तुम कहती हो। किसी कोट का कालर ऊपर से फट जाए तो लोग उसे उधेड़कर उल्टा करवा लेते हैं।"

"क्या मतलब ?"

"मैं दिल के कालर को उधेड़कर मुहब्बत का फटा हुआ भाग अन्दर की ओर कर लूंगी ···"

"मैं तुमसे बहस नहीं कर सकती अलका !"

"तू कल मुझे क्लब जाने के लिए कहती थी ···" "मैं तुम्हें कितना कुछ कहती हूं ···पर तुम सुनो भी। कमलेश के मुझे कोई बीस सन्देश आ चुके हैं ···"

नरेश से विवाह कराकर, अलका की मां के कहने के अनुसार, अलका ने अपनी मन-आई की थी। अलका की मुहब्बत उसकी मन-आई थी, पर अलका का दुःख तो मन-आया नहीं था। मां ने उसे गले लगा लिया था, और अब उसका दिल लगाने के लिए उसे उसकी सहेली के घर भेजा हुआ था। अलका पीछे पांच दिन से अपनी सहेली के घर रह रही थी। अलका जानती थी कि उसकी सहेली का भाई कमलेश कई वर्षों से उसे प्यार करता था और उसने अब तक अलका की तसवीर अपने कमरे में लगाई हुई थी।

"तू कमलेश को कहला भेज कि मैं उसके साथ क्लब जाऊंगी।" अलका ने कहा।

उमा आंखें झपकना भूल गई। वह नई साड़ी निकालकर तैयार

होती हुई अलका के मुंह की ओर देखती रही। कमलेश के साथ क्लब जाती हुई अलका की पीठ की ओर देखती रही और फिर जब तक अलका क्लब से लौट न आई, वह आधी रात तक अलका के भविष्य की ओर देखती रही।

"कमलेश भाईजी बाहर से लौट गए हैं ?" उमा ने देखा अलका अकेली ही आ रही थी।

"हां।"

"अन्दर बुला लेना था।"

"क्या करना था बुलाकर ···" अलका ने कहा और फिर अपनी साड़ी को बदलते हुए कहने लगी, "मेरा कोई इलाज नहीं उमा।"

उमा ने कुछ न कहा केवल अलका की और देखती रही। अलका खुद ही हंसकर कहने लगी, "कमलेश का इसमें कोई दोष नहीं, उसका केवल इतना ही दोष है कि वह नरेश क्यों नहीं हुआ ···"

उमा का मुख ज़रा-सा तमतमा आया और वह कहने लगी, "अगर तुम्हें उसे भी नरेश ही बनाना है तो, नरेश तो है ही ···"

"कहां है नरेश ? अगर आज नरेश जीवित होता तो मैं किसी और के मुंह की ओर देखती ? ···"

"पर अलका ···" "शर्म नहीं आती जीते को ? उसके जीते जी उसकी बीबी किसी गैर मर्द के साथ घूमती रही, किसी गैर मर्द के हाथों शराब पीती रही। किसी गैर मर्द की बांहों में नाचती रही। लेट अस टिवस्ट ··· लैट अस टिवस्ट ···" अलका ने अपने होंठ को अपने दांतों में भींच लिया और कहने लगी, "जीते जी मर गया नरेश ··· इससे तो सचमुच मर जाता तो अच्छा था ···"

उमा ने अलका के माथे पर हाथ रखा। उसका माथा गर्म था। इसी बुखार की तेज़ी में अलका ने कहा, "इन्सान जीता रहे, और उसकी मुहब्बत मर जाए ···लानत है ऐसे जीने पर ···"

उमा ने अलका का हाथ पकड़कर उसे चारपाई पर लिटाया और उसका सिर दबाने लगी।

दूसरे दिन सवेरे जब अलका शीशे के सामने खड़ी होकर बाल संवारने लगी तो अपने गहरे काले बालों में उसे एक सफेद बाल दिखाई दिया। अलका उस सफेद बाल को कितनी देर देखती रही और देखते-देखते उसे ऐसा लगा जैसे वह सफेद बाल उसकी मर चुकी मुहब्बत का ख्याल हो। अलका ने रोषभरी नज़रों से उस सफेद बाल की ओर भी देखा और मुहब्बत के ख्याल की ओर भी और फिर उस सफेद बाल को अपनी दो उंगलियों में पकड़कर तोड़ दिया।

टूटे हुए बाल को खिड़की से बाहर फेंकते हुए अलका का मन भर आया, आयु के साथ-साथ सफेद बाल बढ़ते जाएंगे। क्या मर चुकी मुहब्बत के ख्याल भी बढ़ते जाएंगे? "··· और एक दिन ···एक दिन मेरे सिर पर सिर्फ सफेद बाल ही होंगे? मेरी मर चुकी मुहब्बत के ख्याल? ···

और अलका ने सोचा कि वह अपने-आपको गलती से बीसवीं सदी की औरत समझ रही थी। वह वास्तव में उन्नीसवीं सदी की औरत थी। अपनी दादी के समय की। और वह अपनी दादी की तरह ही एक मर्द की तस्वीर के आगे फूल चढ़ाकर आयु बिता सकती थी।

"मेरी दादी ··" अलका सोचने लगी—"उसने मुश्किल से एक ही वर्ष एक मर्द का मुंह देखा—और फिर आयुभर उसकी तस्वीर की ओर देखकर जीती रही ···"

"पर वह तो मर गया था?" अलका के अन्तर से एक हूक उठी, "मर चुका आदमी तो वैसे ही ईश्वर बन जाता है। मर चुका या समाज के हाथों बलपूर्वक बिछोड़ा हुआ कोई आयुभर उसे ईश्वर की तरह पूजता रहे तो इसमें क्या कठिनाई है?—पर जीते-जागते को कोई क्या करे—जहां पल-पल यह ख्याल आता रहे कि इस समय जाने कौन-सी औरत उसकी बांहों में होगी···" और अलका की छाती में उसके दिल का मांस फट गया, "अगर कहीं मेरी मां मेरे विवाह के समय कोई ऐसी रुकावट डाल देती जिससे मैं नरेश से विवाह न कर पाती—आयुभर उसके वियोग को पलकों में संजोए रखती—और अगर ··· या नरेश

मर जाता ···" अलका की आंखों में इतने आंसू भर आए जिससे उसकी आंखों की पीली चमक भी घुल गई और हरी चमक भी घुल गई और नीली चमक भी घुल गई। आंखों से बरसते पानी से बचने के लिए अलका ने घबराकर नफरत के वृक्ष की ओर देखा। नफरत का वृक्ष बहुत सघन था। उसके पत्ते उसे पानी से बचा सकते थे, पर इस वृक्ष को लम्बे-लम्बे कीड़ों के फल लगे हुए थे। ये कीड़े अलका के पैरों को काट रहे थे, अलका के हाथों को काट रहे थे। अलका की रूह को काट रहे थे ··· मुहब्बत के वृक्षों के पत्ते झड़ गए थे। अलका उन वृक्षों के नीचे नहीं ठहर सकती थी। नफरत के वृक्ष कीड़ों से भरे हुए थे। अलका वृक्षों के नीचे नहीं ठहर सकती थी। इसलिए वह सिर से पैर तक भीगने लगी।

आंखों से बरसते पानी में भीगती और कांपती अलका के कन्धे पर किसीने हाथ रखा। अलका ने चौंककर देखा, नरेश उसके पास खड़ा हुआ था।

"मैंने नरेश को बाहर बिठाया था।" उमा जल्दी से कमरे में आई और अपराधिन-सी कहने लगी, "पर यह ···"

अलका ने उमा से कुछ न कहा, केवल नरेश का हाथ अपने कन्धे से झटक दिया, "एक निष्प्राण हाथ मुझे नहीं चाहिए।"

नरेश ने एक हलोमी से उमा को कुछ कहा और वह कमरे से बाहर चली गई। नरेश ने अपना हाथ फिर अलका के कन्धे पर रख दिया और कहने लगा, "अगर यह हाथ सचमुच ही मर गया है तो अपने हाथों इसे किसी कब्र में दफना दो।"

अलका कुछ देर नरेश के मुंह की ओर देखती रही, फिर कहने लगी, "जब यह हाथ किसी गैर औरत के बदन को छूता हैं, तब कब्र में ही होता है।"

"इसने अभी तक किसी गैर औरत के बदन को स्पर्श नहीं किया" नरेश ने एक निश्वास लिया और अलका के पास उसकी चारपाई पर बैठते हुए कहने लगा, "मुझे नहीं मालूम था अलका कि तुममें इतनी शक्ति है।"

"कैसी शक्ति ?"

"मेरे हाथ, मेरे पांव, मेरा दिल—अगर कहीं सचमुच ही मर जाते, किसी कब्र में दब जाते, तो भी जब तू हशर के दिन आवाज़ देती, ये कब्र से निकल आते।"

नरेश ने जब यह कहा, वह भी अलका की तरह अपनी आंखों से बरसते पानी में भीग रहा था।

"तुम किसी कब्र में पड़े रहते, और मैं उमर-भर हशर के दिन की प्रतीक्षा करती रहती ···" अलका ने रोष में आकर कहा, "पर मैं खुदा नहीं, इन्सान हूं। इन्सान की हज़ार ज़रूरतें होती हैं— इन्सान को हज़ार ख्याल आते हैं ···"

"यह सब कुछ ठीक है अलका! पर मैं किसी कब्र में नहीं पड़ा, तुम्हें हशर के दिन की प्रतीक्षा नहीं करनी पड़ेगी ···" नरेश ने अलका का सिर अपनी गर्दन से लगा लिया।

अलका ने आवेश में अपना सिर नरेश की गर्दन से हटा लेना चाहा, पर नरेश का सांस अलका के सांस को छू रहा था। एक भूख-सी अलका के मन को सालने लगी और उसने एक लम्बा सांस लेकर नरेश की सांस को सूंघा—अलका की आंखों में मादकता छा गई, पर उसने बलपूर्वक अपना सिर नरेश की गर्दन से हटा लिया।

"मैं अपने मन की बात समझने के लिए एक डाक्टर के पास भी गया था," नरेश ने अपनी जेब से रूमाल निकालकर अपने मुंह को पोंछा, "शायद उसे यह खयाल आ रहा था कि मर्द की आंखों में आंसू नहीं सुहाते।"

"डाक्टर के पास ?"

"मैंने डाक्टर को बताया था कि मुझे सुन्दर लड़कियां बहुत अच्छी लगती थीं और मैं हरएक लड़की के मुंह की ओर देखता रहता था।"

"था क्यों ?—अब नहीं अच्छी लगतीं ?"

"नहीं अलका! मुझे अब अच्छी नहीं लगतीं। शायद इसलिए कि अब मुझे कुछ दिखाई ही नहीं देता।"

"दिखाई कुछ नहीं देता ?"

"तुम सच मानोगी ?" नरेश ने अपनी मुट्ठियां भींचकर अपने

नाखूनों को अपनी तलियों में दबाया। और कहने लगा, "मैं दुनिया को देखता रहा। कई वस्तुओं के लिए ललचाता भी रहा—पर अब जब से तुम मुझसे दूर चली आई हो मुझे दिखाई कुछ नहीं देता। सब ओर अंधेरा हो गया है। शायद यह सब मुझे तुम्हारे मुख की रोशनी में ही दिखाई देता था ···"

अलका नरेश के मुंह की ओर देखने लगी। नरेश के होंठ कांप रहे थे। "··· अलका ··· अलका ··· अगर तुम मेरे पास लौट आओ, मैं तुम्हें वह चीज़ दे सकूंगा जो पहले कभी नहीं दे सका था। मैं तुम्हें विश्वास दे सकूंगा ···" अलका ने अपनी आंखों से बरसते पानी से बचने के लिए घबराकर मुहब्बत के वृक्ष की ओर देखा। वृक्षों की जड़ें धरती में बहुत गहरी थीं।

पतझड़ की ऋतु बीत चुकी थी, और वृक्षों की टहनियों पर नये पत्ते निकल आए थे।

गरुड़गंगा

ऐसा लगता है जैसे मन का मंदिर भी बद्रीनाथ के मंदिर की तरह बड़ी दूर है। अपने मन का मंदिर भी, और किसी दूसरे के मन का मंदिर भी। मीलों चलना पड़ता है, दिन-भर धुपियाना पड़ता है, और रातभर ठिठुरना पड़ता है। चढ़ाई पर सांस उखड़ता है, और उतराई में घुटने टूटते हैं। कई बार ज़रा से अन्न के लिए भी तरस जाना होता है। पर इस मंदिर में आत्मा के दर्शन होते हैं। यह मनुष्य मन का स्वभाव है कि उसे इस दर्शन की लालसा रहती है। इस प्यास की तृप्ति के लिए वह रास्ते के सारे कष्ट झेलता है। ···

मैंने जिस आत्मा का दर्शन किया है वह एक साठ-पैंसठ सालों की एक स्त्री है—जिसे देखने से ऐसा लगता है जैसे उसके किसी भी अंग को अपनी जवानी का स्मरण नहीं रहा। एक सड़क के किनारे वह मूंज की ढीली खाट पर बैठी रहती है। खाट के पास बांसों की एक छोटी-सी झुग्गी है। यह झुग्गी उसका घरभी है और दूकान भी। झुग्गी की एक नुक्कड़ में सोने के लिए एक चादर बिछाई पड़ी है और दूसरी ओर नुक्कड़ में सिगरटों की कुछ डिब्बियां हैं, कुछ बीड़ियों के बंडल हैं, कुछ पानों के पत्ते हैं और कांच की छोटो-छोटी शीशियों में इलायची, सुपारी और कत्था और चूना वगैरा रखा हुआ है। वह पान-बीड़ी बेचकर दोनों वक्त खाने के लिए गेहूं की एक रोटी और चावलों की एक मूंठ कमा लेती है। जिस जगह इस औरत की दुकान है, अगर मैं बस से उस जगह उतर जाऊं तो मुझे अपने

घर पहुंचने के लिए काफी रास्ता चलना पड़ता है। बस उसके आगे भी जाती है मेरे घर के बिल्कुल पास, इसलिए मैं वहां नहीं उतरती। एक बार मैं वहां उतरी थी। उस दिन मैंने कुछ गमले मोल लिए थे। घड़े, सुराहियों और गमलों वाली झुग्गी भी उसके पास ही है। मैंने गमले चुन लिए पर पैसे देते समय देखा कि उस झुग्गी में सिर्फ एक छोटा-सा बच्चा बैठा हुआ था जिसे किसी चीज़ का भाव मालूम नहीं था। उसकी मां कहीं काम से गई हुई थी। मैं सोच रही थी कि मैं वहां रहकर झुग्गी वाली की इन्तज़ार करूं या गमले फिर किसी दिन ले जाऊं कि वह पानों वाली साथ की झुग्गी में से उठकर आ गई और मुझे गमलों का भाव बताने लगी। मालूम हुआ कि वक्त-बेवक्त वह अपनी पड़ोसिन के काम भी आ जाती है। खाट से उठते समय वह अपने घुटनों पर हाथ रखकर उठी थी, तो भी कह रही थी, "बैठ-बैठे क्या बढ़ जाएगा, बिटिया। यह उमर ही बढ़ती है और कुछ नहीं बढ़ता है। वह बेचारी इससे दो पैसे कमा लेगी तो अच्छा ही है।"

उस दिन मैंने गमले खरीद लिए, पर घर जाकर मुझे कितनी देर यह महसूस होता रहा कि मुझे पानों वाली से भी कुछ खरीदना चाहिए था। एक पान ही खरीद लेती, एक माचिस ही खरीद लेती, एक-आध पैसा उसे भी बच जाता। इसलिए फिर ऐसे हुआ कि दूसरे दिन मैं बस से वहीं उतर गई और उससे दो-तीन पान खरीद लाई। —और उसके बाद अक्सर ऐसा होता कि मैं बस से बाहर देखती और उस समय उसकी दुकान पर और कोई गाहक दिखाई न देता तो मैं बस से उतर जाती। कभी पान खरीद लेती, कभी माचिस। एक बार मैंने सोचा कि एक माचिस खरीद लूं। एक माचिस में से भला उसे क्या बचता होगा, मैं इकट्ठी छः माचिसें खरीद लूं। मैंने उसे इकट्ठी छ: माचिसें देने के लिए कहा तो वह हंसकर मेरी तरफ देखने लगी, "अरी बिटिया ! छः इकट्ठी दे दूं गी तो फिर मुझे एक और बंडल खरीदने के लिए शहर जाना होगा। तुम एक ही ले लो।"

"तुम बहुत-सा माल खरीदकर रखा करो अम्मा। इस तरह गाहकी बढ़ती है।"

"अरी बिटिया ! गाहकी बढ़ेगी तो क्या होगा। दो जून रोटी खानी है, और मुझे क्या करना है ?

"तुम यहां बिलकुल अकेली हो, अम्मा ?"

"हां, बिटिया ! ईश्वर की तरह बिल्कुल अकेली हूं।"

ईश्वर के मुख की और मैंने कभी देखा नहीं था। मैं उस औरत के मुख की ओर देखने लग गई। वह उसकी आत्मा की वह झलक थी जिसने मुझे उसकी आत्मा के मन्दिर तक पहुंचने की चिटक लगा दी। पूरे दो साल बीत गए। इन सालों में मैं उसे जितनी बार भी मिली, हर मुलाकात में मुझे ऐसे महसूस हुआ कि इस लम्बे रास्ते का एक मील मैंने और काट लिया था। बद्रीनाथ की यात्रा की तरह मैं चलती गई, और आज ···आज मैंने उसकी आत्मा के दर्शन किए हैं।

"जिस तरह किसी बच्चे के मां-बाप उसका नाम रखते हैं, उस तरह मेरा नाम किसीने नहीं रखा। ज़िन्दगी में जब भी कोई घटना हुई, घटना ने खुद ही मेरा नाम रख दिया। एक घटना ने एक नाम रखा, दूसरी घटना ने दूसरा नाम रख दिया, तीसरी ने तीसरा नाम रख दिया और चौथी ···"

"पहली घटना क्या थी अम्मां ?

"मैं रंग की सांवली थी, इसलिए गली-मुहल्ले के लोग मुझे 'काली माटी' कहकर बुलाते थे।"

"काली माटी ? "

"मेरी नानी को इस नाम से बड़ा गुस्सा आता था। वह काली सरसों पीसती और उसका उबटन मेरे शरीर पर मलती। जब मैं कुछ बड़ी हो गई तो मेरा रंग निखर आया। मेरी नानी ने मेरा नाम 'धांवली माटी' रख दिया।"

"फिर?"

"मैं नानी के पास ही रहती थी। जवान हुई तो मेरी नानी को मेरे विवाह की चिन्ता हुई। पर मेरा विवाह करने से पहले वह बद्रीनाथ की यात्रा करना चाहती थी। मैं उसके हाथ की लाठी थी। वह मुझे साथ लेकर बद्रीनाथ की ओर चल दी···वहां।"

"वहां?"

"रास्ते में बहुत नदियां पड़ती हैं। एक नदी का नाम था अलकनन्दा। और भी यात्री थे। एक यात्री मेरी नानी का बहुत ख्याल रखता था। एक दिन जब हम सब लोग अलकनन्दा में नहा रहे थे, तो उस यात्री ने मेरा नाम अलकनन्दा रख दिया।"···

"नाम तो बहुत अच्छा है।"

"आगे जाकर एक और नदी आई, उसका नाम था भीलगंगा। जाने उसको क्या सूझा, उसने अलकनन्दा से बदलकर मेरा नाम भीलगंगा रख दिया। मेरी नानी भी मुझे 'भीलगंगा' कहकर बुलाने लगी। शायद इसीलिए कि वह यात्री मेरी नानी की बहुत सेवा करता था। रास्ता चलते-चलते मेरी नानी के पैरों में सूजन आ गई थी। रात को जब हम लोग किसी चट्टी में ठहरते तो वह यात्री गर्म पानी में नमक डालकर मेरी नानी के पैर धो देता। इसलिए वह मेरी नानी को बहुत अच्छा लगता था।"

"भीलगंगा! सच बताना, वह सिर्फ तुम्हारी नानी को ही अच्छा लगात था या तुम्हें भी?"

"बताती हूं, बताती हूं ···"

"तुम उसे किस नाम से बुलाती थीं?"

"यही तो मुझे समझ नहीं आता था कि मैं उसे क्या कहूं। कुछ बड़ी उमर का होता तो दादा कह लेती ···"

"जवान था?"

"जवानी भी अभी आई थी, और जाने कहां-कहां से आई थी ···"

"फिर?"

"रास्ते में काली कम्बली वाले का मन्दिर आया तो मुझे उसका नाम सूझ गया। मैं उसे 'काली कम्बली वाला' कहकर बुलाने लगी। यों भी उसने अपना मोटा कम्बल कन्धे पर डाला हुआ था ···"

"काली कम्बली वाला और भीलगंगा।"

"फिर तो एक नियम-सा बंध गया। जब भी कोई नदी आती, वह मेरा नाम बदल देता। पीपल कुंठी में गरुड़गंगा बहती है, उसने मेरा नाम गरुड़गंगा रख दिया। उससे चार मील आगे पाताल गंगा

बहती है, उसने मेरा नाम पाताल गंगा रख दिया। इस तरह मेरा नाम कर्मनाशा भी पड़ा, गोमुखी धारा भी, नमो धारा भी पड़ा, दंड धारा भी, रामगंगा भी, विष्णुगंगा भी और आकाश गंगा भी—"

"पर अम्मा! तुमने उसका नाम न बदला? वही काली कम्बली वाला रहने दिया?"

"जवानी मुझे भी तो आई थी बिटिया। मन बहुत चंचल हो रहा था। हम रात को जिस चट्टी में ठहरते, मैं उसका नाम वही रख देती। कभी व्यास घाट उसका नाम रखा, कभी देव प्रयाग, कभी राम बाड़ा, कभी काशी, रसिया मठ, कमलेश्वर, कर्ण प्रयाग, नल आश्रम, गौरी कुंड—जाने कितने नाम उसके मैंने रखे।"

"फिर?"

"नदियां जाने कहां से आती हैं, कहां जाती हैं। हमारी बात भी जाने कहां से शुरू हुई थी और कहां चली गई। नानी के पैरों पर बहुत सूजन हो आई थी। वहां रास्ते में कांडी वाले मिलते हैं जो कुछ पैसे लेकर यात्रियों को अपने कंधों पर उठा लेते हैं। नानी के लिए तो हमने कांडी का प्रबन्ध कर दिया, पर मुझे नानी की तरह कांडी में बैठकर जाना बहुत बुरा लगा। मेरे पैरों में भी छाले पड़ गए थे। पर कांडी में बैठने वाला सवारी नहीं करता, वह तो किसी के कंधों का बोझा होता है। काली कम्बली वाले ने मेरे और अपने लिए घोड़े का प्रबन्ध किया। हम अपने-अपने घोड़ों पर सवार होकर साथ-साथ चलते गए ···"

"फिर?"

"सब मिलाकर वहां चार धाम हैं—बद्रीनाथ, केदारनाथ, त्रियुगीनाथ और तुंगनाथ। चलते, घूमते, भटकते—जैसे-जैसे रास्ता खत्म होता गया काली कम्बली वाला उदास होता गया। मुझे कहने लगा कि वह संन्यासियों की तरह गेरुए वस्त्र पहन लेगा।"

"क्यों?"

"उस समय मैं उसकी बात न समझ सकी। उसको मज़ाक करती रही कि फिर वह दुनिया का और कोई काम नहीं करेगा,

सिर्फ गांजा पिएगा। क्योंकि हमारे साथ जो और यात्री जा रहे थे, उनमें कुछ संन्यासी भी थे। उन लोगों को किसीके दुःख-सुख से कोई वास्ता नहीं था। वह बस चिलम पीते थे और 'ओम् नमो नारायण' की रट लगाते थे।"

"फिर ?"

"रास्ते में एक संन्यासिनी मिली। सिर पर जटाओं की लम्बी वेणी, वस्त्र गेरुए रंग में रंग हुए, गले में रुद्राक्ष की मालाएं, एक हाथ में शंख ··· काली कम्बली वाला रुआंसा-सा होकर बोला कि मैं संन्यासिनी हो जाऊं। बात यह थी कि उसकी शादी हो चुकी थी, घर में बच्चा भी था। मुझे पाने के लिए अब ज़िन्दगी का कोई और रास्ता उसके पास नहीं था। अब उसने मेरा नाम 'कपाल कुंडला' रखा दिया था ··· "

"समझी।"

"रास्ते में संगमरमर के पर्वत आए। लोग संगमरमर के बुत बनाते हैं, पर मुझे लगा कि मेरा बुत हमेशा के लिए टूट गया है। अब संगमरमर के सारे पर्वत मिलकर भी मेरे लिए एक बुत नहीं बना सकते।"

"अम्मां!"

"अब मैं तुमसे कुछ नहीं छुपाऊंगी, बिटिया। जब मन-मन्दिर का द्वार खोल ही दिया ··· छिपाने को कुछ है भी नहीं। बद्रीनाथ पहुंचकर लोग अपना-अपना माथा झुका रहे थे। पाप का प्रायश्चित्त कर रहे थे। पर मुझे ऐसा लगा कि लोग पाप पहले करते हैं उसकी सज़ा बाद में पाते हैं, पर मैंने तो पाप करने से पहले ही सज़ा पाली थी। पाप करने की अभी बारी भी नहीं आई थी, माथा किसके आगे झुकाती ! प्रायश्चित्त किस पाप का करती ! लोग तो पुण्य के लोभ से आए थे, मैं किस चीज़ का लोभ करती ? पुण्य के नाम पर जो पूंजी थी, वह तो मेरे हाथ लगाने से पहले ही लुट चुकी थी।"

"अम्मां ! गेरुए वस्त्र तो तुमने न पहने, पर संन्यासिनी तो तुम हो गईं।"

"रास्ते में भोजपत्रों के पेड़ों का जंगल आया था। जानती हो कि भोजपत्रों पर कभी लोग पत्र लिखा करते थे। मैं पेड़ों की ओर

देख रही थी और सोच रही थी कि जंगल के ये सारे भोजपत्र मिलकर भी मेरे मन की एक चिट्ठी नहीं लिख सकते थे। ...जानती हो कि नारी की तपस्या बन्धन में है, और पुरुष की त्याग में। ..."

"समझती हूं।"

"बंधन चाहती थी, पर किस्मत में नहीं था। इसलिए त्याग का रास्ता पकड़ा! ...अभी-अभी मैंने तुम्हें बताया था कि मेरा एक नाम गरुड़गंगा भी था!"

"हां।"

"कहते हैं कि गरुड़गंगा में से अगर कोई पत्थर का एक टुकड़ा उठाकर ले आए और उसकी पूजा करे तो ज़िन्दगी-भर उसे सांप का डर नहीं रहता। मैंने अपने सभी नाम भुला दिए, बस एक ही याद रखा 'गरुड़गंगा'। तब से अब तक मैं गरुड़गंगा हूं। मुझे किसी सांप का डर नहीं है। मानती हूं कि एक बार मुहब्बत का नाग मुझे काट गया था, पर मैंने अपने मन को उसका ज़हर नहीं चढ़ने दिया। नाग की मणि को निकालकर धारण कर लिया और नाग को छोड़ दिया।—और भी बहुत-से सांप काटने को आए—अकेली औरत की जवानी में जाने कैसी गंध होती है कि वासना के सांप उसके गिर्द मंडराते हैं। पर किसी सांप की मजाल नहीं हुई कि मुझे डस ले ...जो बंधन चाहा वह नहीं मिला तो फिर मुझे कोई और बन्धन नहीं चाहिए था। नानी ने भी कभी ज़िद न की। एक विश्वास को साथ लेकर इस दुनिया से गई। मां-बाप भी आगे-पीछे इस दुनिया से चले गए। बहिन-भाई कोई नहीं था। कुछ लोगों ने तरस के नाम पर कुछ देना चाहा, पर जानती हो तरस का ज़हर भी बुरा होता है। तन तो ज़िन्दा रहता है, पर मन इसके ज़हर से नहीं बचता। इसलिए तरस से बची हूं। गरीबी का काला नाग भी बुरी तरह से काटता है, काट जाए तो इन्सान पानी नहीं मांगता, दम तोड़ देता है। पर गरुड़गंगा हूं, मुझे इस नाग ने भी कभी कुछ नहीं कहा ..."

मैं गरुड़गंगा की तरफ देखती रही। याद आया कि उसने कभी मुझसे कहा था, मैं अकेली हूं, ईश्वर की तरह अकेली।" मैंने ईश्वर

के मुख की ओर आज तक कभी नहीं देखा, पर गरुड़गंगा के मुख की ओर कितनी देर देखती रही। कुछ देर बाद सिर्फ इतना पूछ सकी :

हां अम्मां ! बद्रीनाथ से लौटते हुए तुम 'काली कम्बली' वाले से हमेशा के लिए बिछुड़ गईं ?"

"हां बिटिया ! इस जन्म में तो बिछुड़ ही गई। बिछुड़ते समय उसने बहुत कुछ कहना चाहा, पर सुनने के लिए अगर मैं अपने कानों को इज़ाज़त दे देती तो उसका घरबार उजड़ जाता। मैं सारा रास्ता चुप रही। वह मेरी ओर देखता और 'करुणामुखी' कहकर मुझे आवाज़ देता। शायद मैं बहुत ही उदास दिखती थी। पर मैं चुप थी। वह जाते हुए रुआंसा होकर बोला, "मौनमुखी ! कुछ तो बोलो ?"

"मौनमुखी?"

"लोग एक-आध दिन के लिए मौन रहते हैं, पर मेरे लिए तो यह व्रत उमर-भर का था। जान गई थी, इसलिए कुछ न बोली। मौनमुखी थी, अब भी हूं। पर मन में बिठा लिया था कि गरुड़गंगा ज़रूर बनूंगी। उसीके बल से जी रही हूं, नहीं तो दुनिया में जाने कितने सांप हैं ···"

मैंने बद्रीनाथ की यात्रा कभी नहीं की। पर आज गरुड़गंगा को देखकर मुझे लग रहा है जैसे मैंने बद्रीनाथ की यात्रा कर ली हो। एक मन का मन्दिर देख लिया हो। एक आत्मा का दर्शन कर लिया हो !

मणिया

कामिनी को अपने नये नौकर की आकृति पहली नज़र में ऐसी लगी, जैसे वह आदमी अपने कद की लम्बाई से डरते हुए अपनी कमर के पास के कुछ हिस्से को तोड़कर गोलाई देना चाहता हो, पर वह गोल होने के स्थान पर तनिक मुड़कर रह गया हो।

"तुम्हारा नाम क्या है ?" कामिनी ने पूछा।

वह आदमी उत्तर देने की बजाय दहलीज़ पर बैठ गया, जैसे खड़े रहने से उसे अपने चौड़े-चकले शरीर का घेरा अधिक बड़ा लगा हो और सिकुड़कर बैठने से उसने उस घेरे को घटा लिया हो। फिर उसका मुंह पिचका और पीला हो आया।

कामिनी हैरान-सी होकर अन्दर कमरे में चली गई और अपने पति को कहने लगी, "यह जानवर कहां से पकड़ लाए हो ?"

"तुमने कहा था न कि ऐसा नौकर हो जो खाना भले ही अधिक अच्छा न बनाए पर ईमानदार बहुत हो—तुम्हारी पेटियां और तुम्हारी अल्मारियां अक्सर खुली रहती हैं।"

"वह तो मैंने कहा था, मेरा मतलब था कि रोटी मैं उसे स्वयं सिखा लूंगी;पर इसे क्या सिखाऊंगी ? यह तो कुछ बोलता ही नहीं।"

"यह जहां पहले काम करता था, उनके बच्चे इसे बहुत तंग करके थे ...."

"पर इसका नाम क्या है ? "

"वे लोग शायद इसे बुद्धू बुलाते थे, हाथी भी बुलाते थे···" कामिनी का पति हंस पड़ा और कहने लगा, "यूं इसका नाम मणिया है।"

"मणिया ?" कामिनी ने कुछ चिढ़कर कहा।

"तुम जो चाहो इसका नाम रख लो, अगर तुम्हें मणिया अच्छा नहीं लगता।"

कामिनी ने अल्मारी से एक पुराना तौलिया निकाला और एक साबुन की टिकिया। बाहर चौखट के पास आकर उसने दोनों वस्तुएं उसे दे दीं, "मणिया ! जाओ गुसलखाने में नहाओ जाकर।"

मणिया जब नहा-धोकर रसोई में आया, कामिनी ने कुछ आश्चर्य से उसकी ओर देखा। उसका रंग काफी साफ था। एक घड़ी पहले उसके मुंह पर कोई रंग नहीं झलकता था—और अब रंग के निखार से उसकी आंखों की आभा और भी गहरी हो गई थी।

कामिनी ने सब्जियां स्वयं बनाईं, पर रोटियां बनाने के लिए उसने मणिया को कहा। पहली रोटी कुछ अच्छी नहीं थी, कामिनी ने उसे बेदिली से समझाया कि रोटी के किनारों को अच्छी तरह सेंके। मणिया ने दूसरी रोटी पहली से अधिक अच्छी बनाई, तीसरी उससे भी अच्छी। कामिनी को कुछ सन्तोष हुआ। और खाना खाने के बाद कामिनी ने मणिया को चेताया कि उसे प्रातः बहुत जल्दी चाय पीने की आदत है, इसलिए वह उठने में विलम्ब न करे और सवेरे ही चाय बनाकर उसके कमरे में ले आए।

जाने कितने बजे थे, अभी गहरा अंधेरा था, कामिनी घबरा-कर जागी। मणिया उसके दरवाज़े के पास खड़ा होकर इतने ऊंचे स्वर में पुकार रहा था, कि जितना ऊंचा उसका कद था। कामिनी ने उसके हाथ से चाय का प्याला लिया। उसे लगा जैसे वह आज चाय न पी रही हो, एक तार पढ़ रही हो।

कामिनी सब सब्ज़ियां स्वयं बनाती। मणिया उन सब्जियों को काट-छील देता, पर नित्य कामिनी को ऐसा प्रतीत होता कि जब वह सब्ज़ी चढ़ाने लगती थी,मणिया के सफेद पीले मुख पर हरी रेखाएं खिंच जाती थीं। कामिनी हैरान थी कि वह क्यों इतना क्रोध

करता था।

फिर कामिनी ने कई बार देखा कि जब वह रसोई के बाहर आती थी, पीछे अकेला बैठा मणिया धीरे-धीरे कुछ इस प्रकार बोल रहा था, जैसे क्रोध में बुड़बुड़ा रहा हो, या इस प्रकार जैसे किसीका स्वांग भर रहा हो।

कामिनी को उसकी यह आदत बहुत खली, और एक दिन कामिनी ने कान लगाकर सुना मणिया बड़बड़ा रहा था, "सब कुछ खुद बना लेते हैं—मुझे कुछ भी नहीं सिखाते।" कामिनी की हंसी निकल गई और शाम को उसने मणिया को कहा कि आज से सब्ज़ियां तुम बनाया करो।—और कामिनी ने देखा, तीस-बत्तीस वर्षीय मणिया के धड़ पर एक सात वर्षीय मणिया का मुख मचला हुआ था।

एक दिन कामिनी का पुत्र नाज़ू किसी छोटी-सी बात पर रूठ गया और ज़िद ठान ली, न मां के कहने पर खाना खाए, न पिता के कहने पर। अन्त में पिता ने कहा, "पड़ा रहने दो भूखा। इस प्रकार इसका हठ मानेंगे तो इसका स्वभाव बिगड़ जाएगा।"

सोचा कामिनी ने भी यही, पर जब वह अकेली खाना खाने बैठी, रोटी का ग्रास उसके गले से न उतरा, और फिर उसने देखा कि मणिया रोटी की प्लेट लेकर अन्दर कमरे में चला गया और नाज़ू को मनाने लगा।

बरामदे में बैठी कामिनी ने देखा, नाज़ू ने क्रोध में आकर मणिया को एक लात मारी, पर मणिया के हाथ से इतनी जल्दी प्लेट नहीं गिर सकती थी। दूसरे हाथ से उसने नाज़ू को इस प्रकार पकड़ा हुआ था, जैसे अभी उसने एक दैत्य की भांति नन्हें से नाज़ू को पकड़कर उसके गले से रोटी उतार देनी थी।

नाज़ू ने दूसरी लात मारी, और कामिनी नें मणिया को पुकारा कि वह चुपचाप कमरे से बाहर चला आए। काफी समय बीते, पानी का गिलास लेने के लिए कामिनी जब रसोई में गई, उसने देखा कि मणिया ने रोटी नहीं खाई थी। वह मोढ़े पर बैठकर रो रहा था और बड़बड़ा रहा था, "नाज़ू रोटी खा लो—रोटी खा

लो नाज़ू।"

एक दिन गली में से एक बारात गुज़र रही थी। गैसों की रोशनी, बाजों की आवाज़ और नये भड़कीले कपड़ों की चमक ने उस गली के और उससे पीछे की तंग गली के बच्चों को जैसे आवाज़ें दे-देकर बुला लिया था। कामिनी को कोई काम पड़ा, उसने मणिया को पुकारा, और ऊंचे स्वर में पुकारा और फिर उसने सोचा कि शायद बाजों की आवाज़ में मणिया को उसका स्वर सुनाई नहीं दे रहा था। वह उठकर रसोई में गई, पर मणिया वहां नहीं था। घर का पिछला दरवाज़ा खुला था, कामिनी ने बाहर झांका —मणिया छोटे-छोटे बच्चों के झुरमुट में खड़ा हुआ था। समीप से बारात गुज़र रही थी। कामिनी को ऐसे प्रतीत हुआ जैसे नन्हे-नन्हे बच्चे हरे कोमल पौध थे, हंसी फूलों की तरह उनके मुखपर खिल रही थी और उन पौधों में मणिया एक टेढ़े-मेढ़े वृक्ष की तरह उठा हुआ था, हंसी पीले पत्तों की तरह उसके मुख से झड़ रही थी।

...उसी शाम कामिनी ने देखा, मणिया अपनी छोटी-सी कोठरी में बैठकर एक टूटे हुए दर्पण में अपना मुख देख रहा था। अपने सिर पर उसने गुड्डी कागज़ों को लपेट-लपेटकर एक विचित्र पगड़ी बांधी हुई थी।

तीन घरों के अन्तर पर एक बूढ़ी धोबन की कोठरी थी। कामिनी इस धोबिन की लड़की को बांकी कहकर बुलाती थी। समय-असमय कोई कपड़ा धुलाने की या प्रेस कराने की आवश्यकता पड़ने पर, यह बांकी भागकर उसका काम कर देती थी। एक दिन न मालूम क्यों मणिया उसकी कमीज़ प्रेस करवाने के लिए लेकर गया ही था कि तुरन्त लौट आया, उसी क्षण लौटकर कहने लगा कि वह प्रेस करके नहीं दे रही।

"क्यों, बीमार थी?" कामिनी ने पूछा।

"नहीं—" और मणिया कमीज़ को शीघ्रता से एक ओर रखकर रसोई में चला गया।

"चलो, यह कमीज़ नहीं तो न सही, मैं और कमीज़ पहन लेती हूं।" कामिनी ने सोचा और फिर से अलमारी को ढूंढ़ने लगी।

एक और कमीज़ निकाली, पर गले में पहनते हुए कामिनी को ऐसे लगा जैसे बांकी का इनकार उसे इस कमीज़ की सिलाइयों में से चुभ रहा हो। उसने मणिया को कहा, "जाओ, धोबन को बुला लाओ।"

रसोई के बचे हुए सब कामों में व्यस्त होकर मणिया इस तरह दौड़-धूप करने लगा जैसे अकस्मात् किसीका पैर कीड़ों पर पड़ जाए और बहुत से कीड़े धावा करके उसकी टांग पर चढ जाएं।

"सब्जी जल जाएगी—अभी मुझे आटा गूंधता है— अभी सवेरे के चाय के बर्तन—" और फिर मणिया ने हाथ के कामों की सूची में दूसरे समय के कामों की सूची भी मिला ली, "अभी मुझे शाम की दाल बीननी है—शाम की चाय के लिए चीनी कम है—नाजू ने कहा था, शाम को अण्डों का हलुआ अवश्य बनाऊं—" और वह जल्दी-जल्दी कल, परसों और चौथ को समाप्त हो जाने वाली वस्तुओं की सूची बनाने लगा।

"हां हां, मैंने सुन लिया है—दौड़कर जाओ और धोबन को बुला लाओ।"

कामों की पूरी सूची मणिया के हाथों से चीनी की तरह बिखर गई। वह भागते हुए गया और भागते हुए आकर बोला, "वह कहती है कि मैं नहीं आऊंगी।"

मणिया अभी रसोई की दलहीज़ ही गुज़रा था, जब दरवाज़े पर बांकी के पैरों में पहनी चांदी की झांझरें छनक उठीं। बांकी की हंसी झांझरों से भी अधिक छनक रही थी।

"क्या हुआ है तुम्हें ?

"मणिया से पूछो।"

"तुमने मेरी कमीज़ प्रेस क्यों नहीं की ? "

बांकी हंसते-हंसते दोहरी हो गई, फिर तिहरी हो गई। मणिया एक छलांग मारकर रसोई से बाहर आ गया। गुस्से से उसका मुंह मुट्ठी की तरह कसा हुआ था। उसने बांकी की ओर इस प्रकार देखा जैसे उसने ज़ोर से अपनी मुट्ठी बांकी की हंसी की छाती में मार दी हो।

बांकी की हंसी रुक गई। मणिया जल्दी से दरवाज़े से बाहर चला गया।

"पर हुआ क्या है ?" कामिनी को लगा कि वह हाल में कुछ देर से पहुंची थी और फिल्म का आरम्भ काफी समय पूर्व निकल चुका था और अब उसे कहानी के आदि-अन्त का कुछ ज्ञान न था।

बांकी को फिर इस तरह हंसी आ गई जैसे किसीको ठण्ड से घुटनों का पुराना दर्द शुरू हो जाता है। कहने लगी—

"पहले रोज़ जब काम करवाने आता था, मैं इसे कहा करती थी कि मैं जल्दी काम तब करूंगी, अगर तुम नाचकर दिखाओ। और यह वहीं गली में नाचने लगता था। आज न जाने इसने क्या ठान लिया था, मैंने जब इसे नाचने के लिए कहा, यह कमीज़ लेकर वापस भाग आया···लाइए, मुझे कमीज़ दीजिए, मैं मिनटों में प्रेस कर लाती हूं।"

कहानी बहुत-सी कामिनी को मिल गई थी, उसका रहस्य अभी उसे नहीं मिला था। उसने बांकी से पूछा, "बस, यही बात है ?"

"सच बीबी, इतनी ही बात ! बल्कि यह जब गया, मेरी मां ने इसे बूंदीचूर का एक लड्डू दिया।"

"बूंदीचूर का लड्डू ?"

बांकी के गहरे सांवले रंग में गुलाबी रेखाएं खिंच आई और वह धीरे से कहने लगी, "मां ने कहीं मेरी सगाई कर दी है। ये लड्डू मेरी ससुराल से आए थे।"

बांकी जब कमीज़ लेकर चली गई, कामिनी ने दरवाज़े के बाहर कच्चे चबूतरे की ओर देखा। मणिया जब गुस्से हो जाता, चाहे अंधेरा हो, चाहे सवेरा, वह बाहर चबूतरे पर लगे हुए नीम के वृक्ष के पास जा बैठता था। अब भी वह अपनी उसी सुरक्षित जगह पर बैठा हुआ था और उसके सफेद-पीले मुख पर काली रेखाएं खिंची हुई थीं। कामिनी को लगा, जीवन की इच्छाओं से मार खाकर भागा हुआ मणिया एक छोटे-से बच्चे की तरह रोने को था और नीम की टहनियां मां की बांहों की तरह उसकी पीठ को प्यार से सहला रही थीं।

सात पूनियां सत्तर पिंदियां

शकुन्तला को लगा जैसे उसका गला सूख रहा हो। उसने आंखों से पानी का एक घूंट पिया, और अपने सूखते होंठों पर जुबान फेरी। फिर उसने कानों से पानी का एक घूंट पिया, और तीखी प्यास से उसने अपनी साथ की कुर्सी पर बैठी हुई विद्या से पूछा, "यह कौन है ?"

"कहां?"

"जो सामने स्टेज पर ···"

"जो इस समय भाषण दे रहा है ?"

"हां।"

"हमारी पार्टी का नया सेक्टरी, रामजी।"

"रामजी···"

"तुमने पिछली मीटिंग में नहीं देखा था ?"

"मैं बीमार थी, उस दिन नहीं आई।"

"यह पहले राजस्थान में था। सुना है, जब यह स्टेज पर आ खड़ा होता है, लोग इसे देखने में आंख नहीं झपकते।"

"और सुना है, कान भी नहीं झपकते !" शकुन्तला हंस दी।

शकुन्तला को यह हंसी न विद्या पर आई थी जिसने यह बात सुनाई थी और न ही रामजी पर आई थी जिसके बारे में यह बात थी। उसे यह हंसी अपने पर आई थी, क्योंकि रामजी को देखते और उसकी बात सुनते हुए उसका अपना गला सूखने लगा था। उसने रामजी

की तरफ फिर देखा, जैसे आंखों से उसने एक घूंट पानी पिया हो, और अपने सुखियाते होंठों पर ज़ुबान फेरी। उसने रामजी की आवाज़ को ऐसे सुना जैसे कानों से पानी का एक घूंट पिया हो।

पब्लिक जलसा खत्म होने के बाद कमेटी के मेम्बर एक कमरे में चाय पीने बैठे तो विद्या ने शकुन्तला से रामजी का परिचय करा दिया।

"आप पहले कभी अमृतसर में भी रहे हैं?" शकुन्तला ने रामजी से पूछा।

"नहीं। वहां मैं कभी नहीं रहा।"

"चरणजी लोहे वाले आपके नाती हैं ?"

"नहीं।"

शकुन्तला कुछ सोचने लगी। वह अपनी याददाश्त से बतियाने लगी। अपनी याददाश्त को कभी वह गुरुदासपुर ले जाती, कभी तरनतारन, कभी जालन्धर और कभी लुधियाना। अपनी याददाश्त को शहर से शहर और गांव से गांव पगियाती हुई जैसे वह याददाश्त के कानों के पास अपने होंठ ले जाकर पूछ रही हो, 'भला पहचान तो इसे तुमने कहां देखा है! कहीं देखा ज़रूर है। पता नहीं कहां! पर इसका चेहरा पहचाना-पहचाना लगता है...'

शकुन्तला का जब विद्या ने रामजी से परिचय कराया था तो उसे महसूस हुआ था कि न विद्या जानती है, न रामजी जानता है और न वह खुद ही जानती है, पर रामजी से वह बहुत पीछे की वाकिफ थी।

रामजी ने चाय का एक प्याला बनाकर शकुन्तला को दिया। शकुन्तला प्याला लेकर चाय पीने लगी। घूंट-घूंटकर चाय पीते हुए उसे लगा, जैसे उसकी रग-रग तृप्ताने लगी हो। चाय की आखिरी बूंद तक उसने पी ली। आखिरी बूंद के साथ चाय की कुछ पत्तियां भी उसके मुंह में चली आईं। शकुन्तला ने पत्तियों को भी पी लिया।

"आपके गांव में चाय की पत्तियां भी लोग खाते हैं?" रामजी ने कहा। वह शायद पिछले कई मिनटों से शकुन्तला को ताक रहा

था। उसने यह भी देख लिया था कि आखिरी घूंट के साथ शकुन्तला चाय की पत्तियां भी खा गई है। शकुन्तला ने देखा कि वह हंस रहा था। शकुन्तला ने गर्दन झुका ली।

ये चुनाव के दिन थे। इसलिए इस राजनीतिक पार्टी की ओर से जो आदमी चुनाव लड़ रहा था, उसकी सहायता के लिए आज जलसा इस गांव में तो कल दूसरे गांव में होता था। गांव से गांव जाते और रामजी को दूर पास से देखते शकुन्तला का मन किया कि यह चुनाव कभी खत्म न हो। ज़िन्दगी के चरखे की सिर्फ एक गूंज उसके कानों को सुन पड़ रही थी। रामजी का 'होना' उस पूनी की तरह था जिसमें से रेशम की पतली-सी तार निकलकर तकली को भर रही थी। शकुन्तला का मन किया कि यह पूनी इतनी बड़ी हो जाए कि कभी खत्म होने पर न आए। इसकी तार कभी न टूटे, और वह चरखे पर से अपनी आयु के एक-एक साल को एक-एक 'पिंदिया' की तरह उतारती चली जाए।

"शकुन्त ! आज तुम्हें मेरा भाषण कैसा लगा ?" एक गांव में जलसा खत्म होने के बाद रामजी ने शकुन्तला से पूछा।

"कुन्तल ! आज जब मैं भाषण दे रहा था तो मैं समय देखना भूल गया। मुझे सिर्फ आधा घण्टा बोलना था, पर मैं पूरा एक घण्टा बोलता रहा।" एक और गांव में जलसा खत्म होने के बाद रामजी ने शकुन्तला से कहा।

"कुन्ती ! आज भाषण देते हुए मैं अपने खयालों में इतना डूब गया कि मुझे लगता था जैसे मैं लोगों से नहीं, बल्कि अपने से बातें कर रहा होऊं।" एक और गांव में जलसा खत्म होने पर रामजी ने शकुन्तला से कहा।

"कुन्ती ! आज भाषण देते हुए मुझे लगा जैसे मैं सिर्फ तुमसे बातें करता रहा होऊं।" एक और गांव में जाकर जलसा खत्म होने पर रामजी ने शकुन्तला को बताया।

और शकुन्तला को लगा कि वह एक से अनेक हो गई थी। उसके नाम भी कई हो गए थे—शकुन्त, कुन्तल, कुन्ती···

शकुन्तला के कान चरखे की गूंज की तरफ लगे हुए थे। उसने

अपनी दादी को चरखा कातते हुए देखा था, अपनी नानी को चरखा कातते हुए देखा था, अपनी मां को चरखा कातते हुए देखा था। पर पहले उसे यह कभी महसूस नहीं हुआ था कि चरखा दुनिया का सबसे पहला साज़ था जिसमें से दुनिया के सबसे पहले संगीत ने जनम लिया था। पर जब उसे यह गूंज ज़िन्दगी के चरखे में सुनाई दी तो उसे लगा कि यह आदिम मनुष्य का आदिम साज़ था।

"आज हमारा टाइपिस्ट बीमार हैं।" एक दिन रतनलाल ने मीटिंग में कहा।

"फिर ?"

"रामजी का भाषण अखबार में भेजना था। एक-दो कापियां तो हाथ से हो सकेंगी। एक-दो अखबारों को भेज देंगे। पर हम सारे अखबारों को नहीं भेज पाएंगे।"

"मैं टाइप करना जानती हूं।" शकुन्तला ने कहा। और जब वह रामजी के भाषण को 'कारबन' रखकर टाइप करने बैठी तो उसे लगा जैसे रामजी के 'होने' में से ख्यालों के जो धागे निकल रहे थे, वह उन्हें अपनी ज़िन्दगी के अटेरन पर अटेरती जा रही थी।

हर गांव में जलसा सन्ध्या में होता था। दुपहरी उसका प्रबन्ध करने में कटती थी। एक दुपहरी में पार्टी के कुछ जवान लड़के-लड़कियां खाली भी थे और हंसी-खेल के 'मूड' में भी थे। वे गांव के एक पंडित को अपने कैम्प में ले आए। पंडित एक-एक कर सबका हाथ देख रहा था और किस्मत बांच रहा था। चारों ओर खड़े लोग एक-दूसरे से 'ठिठोली' भी किए जाते थे और हाथ भी दिखा रहे थे। रामजी ने हंसकर शकुन्तला का हाथ पकड़ा और उसे पंडित के आगे फैलाकर बोला, "लो पंडितजी ! इसका हाथ देखो।"

शकुन्तला ने अपना हाथ खींच लिया। पंडित में विश्वास चाहे किसीको नहीं था, पर सब शुगल के मूड में थे। शकुन्तला शुगल के 'मूड' में नहीं थी।

शकुन्तला के हाथ खींच लेने पर पंडित रामजी का हाथ देखने लगा। काफी देर हाथ थामे रहा। फिर उसने रामजी के चेहरे की तरफ देखा, फिर शकुन्तला के चेहरे की तरफ और फिर हाथ की

तरफ देखकर रामजी से बोला, "बेटा ! पिछले जन्म में तुम बहुत सुखी थे। पत्नी भी बहुत सुन्दर थी। उसके साथ तीन जन्म तुम्हारा साथ रहना चाहिए था, पर उसमें एक विघ्न आ पड़ा।"

"क्या हुआ पंडितजी ? " रामजी ने हंसकर पूछा।

"एक साधु तीर्थ-यात्रा पर जा रहा था। वह एक रात तुम्हारे गांव में रहा। तुमने उसकी बहुत सेवा की। उसने मोहरों की एक थैली तुम्हारे पास अमानत रख दी और दूसरे दिन तीर्थ पर चला गया। एक साल बाद तीर्थ से लौटकर उसने तुमसे अपनी अमानत मांगी। तुमने वह न लौटाई, जिससे उसने तुम्हें शाप दे दिया। उस शाप के फल से तुम्हारा साथ अपनी उस पत्नी से नहीं रहा।"

पण्डा का शुगल-मेला खत्म हो जाने पर पार्टी के सारे आदमी सन्ध्या के जलसे के प्रबन्ध में लग गए। रामजी अकेले में एक बट-पेड़ के नीचे जा बैठा। उसने जेब से एक डायरी निकाल ली और सन्ध्या के भाषण के विषय में सोचते हुए पैंसिल से कुछ लिखने लगा। वहां बैठे-बैठे उसे ख्याल आया कि पिछले तीन घण्टों से उसने शकुन्तला को कहीं नहीं देखा था। रामजी कैम्प में लौट आया। शकुन्तला वहां नहीं थी। उसने विद्या से पूछा। विद्या ने उसे बताया कि पण्डित से व्यर्थ की बातें सुनते-सुनते उसका सिर दर्द करने लगा था और वह उसे बोलकर सामने के खेतों में घूमने चली गई है। रामजी ने एक बार कैम्प के आसपास देखा और फिर सामने के खेतों में चल दिया। शकुन्तला कुएं के पास एक पीपल के नीचे बैठी हुई थी।

"कुन्ती, तुम यहां क्या कर रही हो ? "

"कुछ नहीं।"

"पर तुम तो रो रही हो ! "

रामजी ने अपना हाथ शकुन्तला के कन्धे पर रख दिया। शकुन्तला ने अपना सिर पीपल के तने पर रखा हुआ था, फिर रामजी की बांह पर रख दिया।

"आपने उस यात्री की अमानत क्यों नहीं लौटाई ?" शकुन्तला सिसककर रोने लगी।

"क्या?"

"यात्री ने आपके पास मुहरों की एक थैली अमानत रखी थी न! "

"तुम मेरे पिछले ज़न्म की बात कर रही हो ?"

"उस पण्डित ने आपको बताया था कि ···"

"पगली हुई हो कुन्ती ! तुमने उस पण्डित की बात को सच मान लिया है ?"

"मैंने पहले कभी किसी पण्डित की बात को सच नहीं जाना··· पर···पर उसकी यह बात सच है।"

"तुम कैसे जानती हो ?"

"मुझे पता है··· मैंने जिस दिन से आपको देखा है, मुझे लगता रहा है कि मैंने पहले भी आपको कहीं देखा हुआ है। मैं कई दिनों से सोच रही थी कि कहां देखा हैं, पर याद नहीं आ रहा था। आज पण्डित की बात सुनकर··· । "

रामजी ने शकुन्तला को अपनी बांहों में घेरकर छाती से लगा लिया। रामजी ने गले में जो कमीज़ पहनी हुई थी, उसकी जेब शकुन्तला के माथे से छू रही थी। शकुन्तला के आंसू ढुलककर रामजी की कमीज़ पर गिर रहे थे। रामजी को लगा, जैसे शकुन्तला के आंसू उसकी जब में पड़ रहे थे।

"देखो, आज मैं कितना अमीर हो गया हूं !" कहकर रामजी ने शकुन्तला को अपनी छाती में कस लिया, "देखो तो ! आज मेरी जेब तुम्हारे आंसुओं से भरी हुई है।"

"आपको पण्डित की बात पर यकीन नहीं आया ? " शकुन्तला ने हिचकियां लेते हुए पूछा।

"जिस समय पण्डित ने बताया था, तब तो विश्वास नहीं आया था, पर अब आ गया है। अब मुझे यह सोचना अच्छा लग रहा है कि पिछले जन्म में तुम मेरी रही हो।"

"हमने तीन जन्म एकसाथ रहना था।"

"रहना 'था' क्यों ? हम अब भी साथ रहेंगे।"

"पर आपको याद नहीं कि आपपर उस साधु का शाप है ? "

"जब तक तुम्हें नहीं मिला था, तब तक उसका शाप था। अब मैंने तुम्हें देख लिया है, अब मैं उसका शाप तोड़ दूंगा।"

"यह शाप नहीं टूटने का···वह साधु···" शकुन्तला ने अपना सिर राम की छाती से ज़ोर से इस तरह सटा लिया जैसे वह राम की छाती पर उसे तोड़ देना चाहती हो, या अपने सिर से राम की छाती को तोड़ देना चाहती हो।

"उस साधू ने अपना बदला लेने के लिए इस जन्म में नया रूप लेकर मेरे साथ विवाह कर लिया है, ताकि मैं जब आपको देखूं, आपको मिल न सकूं।" शकुन्तला ने अपनी जीभ दांत में पीसकर कहा।

"शकुन्त !" रामजी कितनी ही देर अपने हाथ से शकुन्तला का सिर सहलाता रहा।

"जिसने मेरे साथ विवाह किया है, वह ज़रूर पिछले जन्म का वही साधु होगा ···" बौराकर शकुन्तला ने कहा और सोच में डूब गई।

"कुन्ती ! " रामजी ने शकुन्तला के माथे पर हाथ रखा, माथा गरम था, "तुम्हें बुखार हो आया लगता है, चलो कैम्प में वापस चलें।"

"रामजी !" शकुन्तला ने जैसे अपने मन-प्राणों को आंखों में रख-कर रामजी की तरफ देखा। एक मुस्कान शकुन्तला के होंठों पर आई और लौट गई, जैसे उसके ठहराव के लिए होंठों पर जगह न हो।

रामजी ने एक गहरी सांस ली। उसका मन किया कि वह अपना तन और मन इस बौराई हुई लड़की के पैरों में रख दे। पर रामजी जानता था कि इस धरती के पास इतनी-सी जगह भी नहीं थी कि वहां शकुन्तला अपने पैर रख सकती। रामजी ने उसका हाथ पकड़ लिया, "तुम्हें बुखार है। तुम चलकर बिस्तर में लेट जाओ। मैं गांव में कोई दवा खोजता हूं।"

शकुन्तला जब कैम्प में लौटी तो विद्या खाट पर उसके लिए एक चादर बिछाती हुई बोली, "जब तुम खेतों में गई थीं, भर दुपहरी थी। तुम्हें धूप नहीं सुखाती।" इतना कहकर वह शकुन्तला के लिए चाय बनाने लगी।

शकुन्तला ने जब सिरहाने पर सिर रखा तो उसे लगा कि विद्या

सच कहती है। उसने अपने मन में एक सूरज देखा था और उसे सूरज की धूप रास नहीं आती थी। उसे सूरज को रोशनी नहीं सुखाई थी।

रामजी जब गांव से दवा लेकर लौटा तो बुखार की तेज़ी में शकुन्तला की आंखें मुंदी हुई थीं। रामजी कितनी ही देर उसके सिरहाने के पास खड़ा रहा। रामजी को लगा कि शकुन्तला के चेहरे पर एक रोशनी थी। और उसे लगा कि उसके अपने मन में गहरा अंधेरा था। उसका मन किया कि वह शकुन्तला का सारा मुख अपने अन्दर समा ले और अपने मन के अंधेरे कोने को उजियाले। पर रामजी ने एक गहरी सांस लेकर शकुन्तला की तरफ देखा। उसे लगा कि उसके मन का कोना हमेशा अंधियारा रहना था, और उससे थोड़ी दूर पर इस ,रोशनी ने अकारथ जले जाना था।

जाने बुखार की तेज़ी में या सोच की तेज़ी में, बिस्तर में लेटी शकुन्तला को लगा कि उसके चारों और बैठकर लोग चरखे कात रहे हैं। उसने देखा कि रामजी के हाथ में एक पूनी थी और उसमें से पतले-पतले धागे निकल रहे थे। उसने देखा कि उसके खाविन्द के हाथ में एक पूनी थी और उसमें से लम्बे-लम्ब धागे निकल रहे थे, और उसने देखा कि उसकी मां के हाथ में एक पूनी थी··· दुनिया के हाथों में एक पूनी थी··· किस्मत के हाथ में एक पूनी थी और उसने देखा कि उसके बेटे के हाथ में भी एक पूनी थी···

ये धागे रेशम की तरह नरम थे, सूत की तरह खुरदरे थे, रस्सी की तरह मोटे थे और लोहे के तारों की तरह पक्के थे। शकुन्तला को लगा कि उसकी ज़िन्दगी एक अटेरन थी। किसीके हाथ में पूनी नहीं खत्म होती थी, किसीकी पूनी का धागा नहीं टूटता था। और उसकी ज़िन्दगी सारे धागों को अटेरन की तरह अटेरती जा रही थी।

शकुन्तला को लगा कि जहां तक उसकी नज़र जाती थी, वहां तक इन धागों को बुनने के लिए खड्डियां लगी हुई थीं। खड्डियों पर से कपड़े के थान पर थान उतर रहे थे, पर इस कपड़े को कोई अपने गले में नहीं पहल सकता था···उसकी ज़िन्दगी नंगी थी, उसका इश्क नंगा था और उसका भविष्य नंगा था।

एक निश्वास

करमो ने लोटे में लस्सी डलवाई और फिर आधे से भी कम भरे हुए लोटे को देखती हुई बोली, "आज बड़ी सरदारिन नहीं दिखती कहीं ! राज़ी-खुशी तो है ?"

सरदारिन निहालकौर अभी एक घड़ी पहले चौके में आई थी। चूल्हे पर रखी खीर के नीचे ज़्यादा आंच देखकर उसने लकड़ियां पीछे खींच ली थीं, "क्यों री वीरो ! खीर भी कभी इतनी आंच पर बनी है ? इसके नीचे बहुत हल्की आंच चाहिए।" उसने कहा था और फिर चूल्हे के पास लकड़ी की पटरी रखकर और उसपर बैठकर पतीले में कलछी घुमाने लग गई थी। सुबह दही उसने खुद बिलोई थी, पर लस्सी छानते हुए उसने वीरो को कहा था कि वह कुछ पल अब आराम करेगी। जो भी आए वीरो उसे लस्सी दे दे।

शायद औरों ने लस्सी लेते हुए यह बात पूछी थी, पर निहाल-कौर नहीं जानती। वह अन्दर के कमरे में थी। पर अब जब वह आंगन में थी तो दहलीज़ों के बाहर बैठी करमो की आवाज़ उसने खुद सुनी थी।

"राज़ी हूं करमो ! तुम तो ठीक हो ?" निहालकौर ने अन्दर से पूछा।

करमो ने जल्दी से दहलीज़ के पास आकर झांका और अपने एक हाथ को माथे से छुआती हुई बोली, "जुग-जुग जियो सरदारिन,

आज तुम्हें देखा नहीं था ! मैंने सोचा मेरी सरदारिन ठीक तो है ! "

सभी लोग निहालकौर की बलाएं लेते थे। यह नई बात नहीं थी, फिर भी निहालकौर को लगा कि लस्सी लेते ही करमो ने उसे याद किया था तो ज़रूर कोई बात होगी। तभी जब निहालकौर ने करमो की तरफ देखा तो वह लोटा निहालकौर की तरफ झुकाकर खड़ी हुई थी। निहालकौर समझ गई। वह वीरो की तरफ देखती हुई बोली, "सुनो ! करमो का लोटा भर दिया कर ! इसके छोटे-छोट बच्चे लस्सी पर पलते हैं।"

"राम तुम्हें दुगना दे ! तुम्हारे हाथ इतने सन्तोषी हैं कि अनजाने ही दो-दो बार लस्सी ढार जाते हैं !" लोटे में और लस्सी लेती हुई करमो बोली। और चाहे इस समय उसको तसल्ली देने वाले हाथ वीरो के थे, पर वह कह रही थी निहालकौर के हाथों को।

करमो के चले जाने पर निहालकौर उसको दी हुई दुआएं भूल गई, उसका कहा हुआ सिर्फ एक शब्द उसे याद रह गया, 'बड़ी सरदारिन ...'

निहालकौर एक ही दिन में सरदारिन से बड़ी सरदारिन बन गई थी। मालूम नहीं उसे बड़ी सरदारिन कहने का ख्याल सबसे पहले किसे आया था ! शायद सबको एकसाथ ही आ गया था ! घर की महरी से लेकर कारखाने के सारे मुंशी, मुनीम उसे बड़ी सरदारिन कहकर बुलाने लगे थे। यहां तक कि घर के मालिक सरदार ने भी कल उसे बड़ी सरदारिन कहकर बुलाया था। और फिर निहालकौर को ख्याल आया कि परसों उसने खुद ही तो महरी से कहा था कि जाकर छोटी सरदारिन को कमरे से बुला लाए। अगर कोई छोटी सरदारिन हो तो बड़ी सरदारिन खुद ही बन जानी थी। निहालकौर ने सोचा, और फिर कितने ही ख्याल छोट-छोटे धान के दानों की तरह उसके मन के दूध में रंधने लगे।

रंधते हुए ख्यालों में एक ख्याल यह भी था कि वीरो जब से इस घर में छोटी सरदारिन बनकर आई थी, तभी से वह रात को सोने से पहले नियमपूर्वक निहालकौर के कमरे में आरती थी और उसकी चारपाई के पाये पर बैठकर उसके पांवों को दबाती थी।

निहालकौर ने न तो बेटी की डोली भेजनी थी न बेटे की डोली लानी थी, पर जब उसके हाथों ब्याही वीरो उसके पांवों को दबाती थी तो उसे लगता था कि उसने बेटी भी पा ली थी और बहू भी। और निहालकौर ने एक गहरा सांस लेकर हंसते हुए होंठों से अपने-आपको मना लिया था कि वीरो उसकी बेटी भी थी और बहू भी।

निहालकौर ने अपने सरदार के दूसरे विवाह के लिए यह लड़की वीरो खुद ही तलाश की थी। रिश्ते अच्छे घर से भी मिल रहे थे, पर वे सारे सरदार के लिए नहीं मिल रहे थे, सरदार की हवेली के निमित्त थे। सरदार की ढलती हुई उमर से डरते हुए जो भी लोग रिश्ता लेकर आते थे, वे रिश्ता करने से पहले हवेली को अपनी बेटी के नाम करवा लेना चाहते थे। सरदार अपनी हवेली का वारिस तो ज़रूर खोज रहा था, पर हवेली को उस औरत के नाम नहीं लिख सकता था जिसकी कोख ने किसी वारिस को जाने कब जन्म देना था, और फिलहाल जिसने वारिस की भविष्यवाणी ही करनी थी।

…और सरदार ने दूसरा विवाह करने से इन्कार कर दिया था। पर इस इन्कार में एक निश्वास मिला हुआ था। निहालकौर ने इस निश्वास को सुना था और इस तरह उसने एक अदने-से परिवार की यह वीरो खोजकर अपने सरदार को दे दी थी, और उसके बदले में उसका निश्वास खुद ले लिया था।

एक दिन सरदार ने दीवार में लगी अपनी लोहे की आलमारी खोली तो वह कितनी ही देर खुली आलमारी के सामने खड़ा कुछ सोचता रहा। "बड़ी सरदारिन कहां गई हैं ?" सरदार ने वीरो से जल्दी से पूछा। बड़ी सरदारिन घर नहीं थी। सरदार ने आलमारी को बन्द कर दिया और चाबी जेब में रख ली और कारखाने को जाते हुए वीरो से कह गया कि निहालकौर जब भी घर आए वह नीचे से मुंशी को आवाज़ देकर उसे कारखाने से बुला ले। जब निहाल-कौर घर पहुंची तो वीरो बाहर के दरवाज़े में घबराई हुई बैठी थी, उसने अभी कै की थी।

निहालकौर ने वीरो का हाथ थामा, उसके कन्धे दबाए और

उसे चारपाई पर लिटाया। पर वीरो कांपते पैरों से चारपाई से नीचे उतरी और निहालकौर के पांवों से लिपट गई।

"सरदारिन, तुमने मुझे एक दिन कहा था कि मैं तुम्हारी बेटी भी हूं और बहू भी। आज तू मुझे अपनी बेटी समझकर बचा ले और चाहे बहू समझकर।" वीरो बिलख उठी। बिलखते-बिलखते वीरो ने निहालकौर को बताया कि जब कुछ दिन पहले उसका भाई उससे मिलने आया था तो उसके भाई को कुछ पैसों की बहुत ज़रूरत थी। वीरो ने उसे कुछ पैसे भी दिए थे, पर पैसे उसके पास बहुत कम थे। इसलिए उसने सरदार की जेब से चाबी चुराकर लोहे की आलमारी खोली थी और आलमारी में से चांदी के बरतन निकालकर अपने भाई को दे दिए थे।

"यह तुम्हारा अपना घर है वीरो। अगर तुम अपने घर को अपने हाथों बर्बाद करोगी—" बात अभी निहालकौर के मुंह में ही थी कि वीरो तमककर बोली, "यह घर मुझे अपना न कभी लगा है, न कभी लगेगा। पर यह मैं तुमसे इकरार करती हूं सरदारिन, कि आगे से मैं इस घर की कोई चीज़ कभी बाहर नहीं दूंगी। मैंने उस दिन भी गलती की थी। यूं ही कर बैठी। बाद में पछताई भी। तुम्हें तो पता है मेरे विवाह के समय मेरे बाप ने मेरे भाई के कारोबार का वास्ता देकर तुमसे दो हज़ार रुपया मांगा था। तुमने वह दे दिया था। मेरे बाप ने विवाह कर दिया। मुझ बेचने में कसर ही क्या रह गई? दो हज़ार रुपये के लिए मुझे इस बूढ़े खूंटे से बांध दिया गया। बाप और भाई भी क्या सगे हुए—मैं किसीका घर बर्बाद कर उसका घर भी क्यों भरूं?"

"वीरो! ..." निहालकौर चौंककर वीरो के चेहरे की तरफ देखने लगी।

निहालकौर ने वीरो की लाज रख ली। उसने सरदार से कह दिया कि आलमारी में रखे चांदी के बर्तन पुरानी ढब के थे। उसने वह बर्तन निकालकर साथ में कुछ और चांदी मिलाकर सुनार को नये बर्तन बनाने को दिए थे।

सरदार की चिन्ता जाती रही। पर निहालकौर जब भी

वीरो के चेहरे की तरफ देखती, तो उसके मन में एक चिन्ता घर कर जाती। वीरो की काले भंवरों जैसी आंखें थीं। रंग की ज़रा सांवली थी, पर सांवले रंग में जवानी सख्त आटे की तरह गुंथी हुई थी। उसकी बांहें बेलनों की तरह गोल और सख्त थीं। मांस में उंगली का एक पोर भी नहीं गड़ता था। सरदारिन को लगा कि सरदार से जो निःश्वास लेकर उसने अपने ज़िम्मे ले लिया था, वीरो ने वही निःश्वास अपनी छाती में डाल लिया था।

और फिर वीरो के पांव भारी हो गए। हवेली बहुत बड़ी थी, पर मुबारकें इतनी थीं कि हवेली में समाती नहीं थीं। सरदार का पैर ज़मीन पर नहीं पड़ता था, और निहालकौर वीरो का पैर ज़मीन पर नहीं लगने देती थी। पर लोग न सरदार को इतनी मुबारक दे रहे थे, न वीरो को ही, जितनी मुबारक वे निहालकौर को दे रहे थे।

"मैं इसका जनम होते ही इसे अपनी झोली में ले लूं? ...बाद में मत कहना...मैं बड़ी सरदारिन हूं, तुम छोटी सरदारिन। पहला बेटा बड़ी का होगा। बाद में जो जनम लेंगे वे तुम्हारे..." निहालकौर हंसकर वीरो से कहती। निहालकौर खुद ही नहीं जान पा रही थी कि उसके मन में ज़रा-सा भी मलाल क्यों नहीं था। उसने अपने हाथों अपना खाविन्द एक पराई औरत को दे दिया था और अब उसने सारी ज़मीन-जायदाद भी एक पराये बेटे को दे देनी थी।

"अरी टोनाहारिन! मैंने कैसे तुम्हें अपनी बेटी और बहू कहा था! मैं इस समय सचमुच एक मां की तरह खुश हूं। मुझे यह कभी याद ही नहीं रहता कि तू मेरी..." निहालकौर की इस बात पर वीरो बीच में ही हंसकर कहती, "सरदारिन! मैं बेशक तुम्हारी और कुछ लगती होऊं या नहीं, पर यह तुम जानती हो कि मैं तुम्हारी सौत नहीं लगती।"

निहालकौर ने बढ़ई से जो झूला बनवाया, उस झूले में चांदी के घुंघरू बांधे। सुच्चे रेशम की उसने छोटी-सी रज़ाई बनवाई। शहर का एक अंग्रेज आफीसर एक महीने की छुट्टी पर विलायत जा रहा था, "विलायती स्वेटर रेशम जैसे होते हैं," निहालकौर ने कहा और अंग्रेज़ से दो छोट-छोटे स्वेटर विलायत से लाने की बात

पक्की कर ली।

अपने समय में निहालकौर ने खुद को दाइयों को भी दिखाया था और बड़े शहरों में जाकर डाक्टरों को भी, पर उसने अपने समय में कभी किसी देवता की मनौती नहीं की थी। वीरो को जब पूरे तीन दिन कमर में दर्द होता रहा, और फिर एक दिन जब ज़रा-सा खून का दाग भी नज़र आया तो निहालकौर ने पहली बार अपनी ज़िन्दगी में मनौती मानी।

यह 'मान' करने का समय था। वीरो चाहती तो अब देश-देशान्तरों की फरमाइशें कर सकती थी। सरदार उसकी आवाज़ के लिए अब उसका चेहरा ताकता रहता था। पर निहालकौर जानती थी कि अब भी वीरो अचार के एक छोटे-से टुकड़े के लिए झिझककर दो बार उसका चेहरा निहारती थी। इसलिए निहालकौर खुद ही वीरो की इच्छाओं का ध्यान रखती। इन सारे दिनों में वीरो ने अपने मुंह से ज़ोर देकर किसी बात को कहा था तो सिर्फ इतनी-सी बात को कि आंगन में रस्सी से टांगे हुए शलजमों के हार उतारकर परे रख दिए जाएं। "इन्हें देखकर मेरे मन में कुछ होता है। शलजमों का लटकना इस तरह लगता है जैसे किसीकी चमड़ी लिज लिजा गई हो।" वीरो ने कहा था और सूखते हुए शलजमों को देखती हुई उबकाने लगी थी।

फिर वीरो के मन में जाने क्या आया, जब उसे नवां महीना हो आया तो उसने ज़िद्द पकड़ ली कि वह अपने मायके जाकर ही प्रसूत-काल कटेगी। सरदार उसकी ज़िद्द नहीं मान रहा था। निहालकौर उसकी मिन्नतें कर रही थी, पर वीरो ने एक ही ज़िद्द पकड़ रखी थी कि उसके गांव की एक बूढ़ी दाई बहुत सयानी थी। उसे सिर्फ उसी दाई पर भरोसा है, और किसीपर नहीं। और उसका विश्वास था कि अगर वह यहीं रहेगी तो शहरी डाक्टरनियों के हाथों वह मर रहेगी।

"यह डर बड़ी बुरी बला है," डाक्टरों ने भी सरदार को राय दी। पर सरदार के मन में दूसरा ही डर था। वह निहालकौर को अलग ले जाकर बोला, "मुझे डर है कि अगर उसे वहां लड़की

हुई तो वह किसीके लड़के से उसे बदल देगी। मैंने पहले भी ऐसी कई बातें सुनी हैं। उसे लालच है कि अगर लड़का हुआ तो बड़ा होकर जायदाद का वारिस होगा...”

“तो फिर इसका तो एक ही इलाज है। मैं इसके साथ चली जाती हूं। मेरे पास रहते वह कुछ नहीं कर सकेगी” निहालकौर ने कुछ देर सोचने के बाद कहा।

सरदार मान गया। वीरो ने भी कोई आपत्ति न की। निहालकौर ने घर की महरी को भी खिदमत के लिए साथ ले लिया और वीरो के साथ उसके मायके चली गई।

वीरो का प्रसव कठिन नहीं था। वह भर-जवान थी और तन्दुरुस्त भी थी। उसकी मां और भाभी चुटकी काटती हुई उसे कहतीं, “यूं ही डरे जा रही है। जनम देने में क्या लगता है। एक बार चीख-भर दिया कि बेटे ने जनम लिया।”

निहालकौर वीरो के मायके पर किसी तरह भी भार न बनी। खुले हाथ खर्च करती थी। घर के सब लोग उसे सरदारिन-सरदारिन कहते अघाते नहीं थे। निहालकौर हंसकर कहती, “एक बार चीख दिया कि बेटे ने जनम लिया। पर अगर बेटी को जनम देना हो तो?”

वीरो की भाभी खिलखिलाकर हंसती हुई कहती, “दो बार चीखने से बेटी को जनम दिया जा सकता है।”

“बेटी के लिए दो चीखें?” निहालकौर हंसकर पूछती।

“एक चीख पीड़ा की और एक चीख गम की...” वीरो की भाभी कहती, “खुशी तो बेटों की होती है। बेटियों की क्या खुशी होगी।”

निहालकौर के दिल में एक गहरी टीस उठी। उसने सोचा, मैंने ज़िन्दगी में न एक बार चीखकर देखा, न दो बार। पर उसने अपने मुस्कराते हुए होंठों से अपनी कसक को इस तरह पी लिया कि उसका दर्द भी उसके चेहरे को देखकर लज्जित होकर रह गया।

और फिर जिस रात वीरो को प्रसव की पीड़ाएं शुरू हुईं तो दांतों तले दबे उसके जवान होंठों ने उन पीड़ाओं को इस तरह सह लिया कि किसीको खबर भी न हुई। सिर्फ एक बार उसकी एक

चीख सुनाई दी तो वीरो के सिरहाने बैठी निहालकौर की तरफ देखकर दाई ने कहा, "सरदारिन, मुबारक हो ! आओ तुम्हारी झोली बेट से भर दूं ! "

निहालकौर ने बेटे को भी आंचल में ले लिया और मुबारकबाद को भी। पर सुबह होते ही जब वह सरदार को तार भेजने लगी तो वीरो ने निहालकौर को अपने पास बुलाकर अपने दोनों हाथ उसके पांवों पर रख दिए और बोली, "सरदारिन ! मैं दुनिया से झूठ बोल सकती हूं, पर तुमसे नहीं। यह लड़का तुम्हारे सरदार का नहीं···"

"वीरो···" निहालकौर को लगा जैसे उसकी ज़बान लड़खड़ाकर रह गई हो।

"मैं सरदार की किसी तरह ऋणी नहीं हूं। पर मैं तुम्हारी ऋणी हूं। अगर यह लड़का सिर्फ सरदार के आंगन में ही खेलता तो मुझे कोई उजर नहीं था। पर इसे मैं तुम्हारी झोली में नहीं डाल सकती। यह तुम्हारी झोली के योग्य नहीं है।"

"क्या कह रही हो वीरो ! "

"किया तो मैंने हंसी-हंसी में था, शायद हंसी को समय इसी तरह डंसता है। सच कहती हूं तुमसे, मुझे अपने लिए कोई पछतावा नहीं। अगर दिल में पछतावा है तो तुम्हारे लिए···"

"वी···रो !"

"तुम्हें याद होगा कि मैं पिछले साल एक बार मायके आई थी···आपका मुंशी मेरे साथ आया था, मुझे मायके मिलकर ले जाने के लिए। यहां सारे गांव में यह बात फैली हुई थी कि मेरे मां-बाप ने रुपया लेकर मेरा विवाह एक बूढ़े सरदार से कर दिया था। सरदार कभी इस गांव में नहीं आया। मेरा बाप ही मुझे आपके शहर ले गया था और गुरुद्वारे में विवाह के बाद मुझे आपके घर छोड़ आया था···मेरे गांव आने पर हर कोई मुझसे पूछने लगा कि मेरा सरदार कितना बूढ़ा था ? मुझे जाने क्या सूझा, मैंने उनसे पीछा छुड़ाने के लिए कह दिया कि मेरा विवाह बूढ़े से नहीं हुआ था। आपका मुंशी बड़ा जवान था, सुन्दर भी था। उसे दिखाकर मैंने

उनसे कहा कि यह मेरा घरवाला है। सारी की सारी हैरान होकर रह गईं। मुंशी को मैंने यह बात बता दी। मुंशी ने भी झूठ को ओढ़ लिया। जब मेरी सहेलियों ने उससे बुंदों की मांग की तो अपने सुनार से चांदी के बूंदे खरीदकर उन्हें दे दिए। पांच-छः दिन मैं यहां रही। रोज़ हंसते-हंसाते मुझे भी यह महसूस होने लगा कि मेरा विवाह उसीके साथ हुआ था, और किसीके साथ नहीं।

"हमारा मुंशी मदनसिंह···"

"मैं अब लौटकर सरदार के घर नहीं जाऊंगी। न ही इस लड़के को ले जाऊंगी। इसलिए ज़िद पकड़कर मैं यहां आई हूं। मेरा किया मेरे सामने आएगा। मैं तुमसे और कुछ नहीं मांगती सरदारिन! बस एक बात मांगती हूं कि सरदार को उस मुंशी का नाम मत बताना! नहीं तो उस मुंशी को वह नौकरी से निकाल देगा।"

"पर मदनसिंह विवाहित है वीरो! उसके घर दो बच्चे हैं···"

"इसीलिए वह डरता है कि सरदार को पता चल गया तो उसकी नौकरी जाती रहेगी। उसने कौन-सा मुझे अपने घर बसाना है कि मैं उसकी नौकरी छुड़वाऊं···वह जहां भी रहे खुश रहे···मैंने एक बार देखा तो सही कि जवान आदमी कैसा होता है—"

निहालकौर ने घबराकर आंखें बन्द कर लीं। और फिर जब उसने आंखें खोलीं तो उसने देखा कि वीरो की झोली में पड़ा हुआ उसका बेटा उसकी छाती का दूध पीने के लिए मुंह-बिरा रहा था।

और निहालकौर को लगा—सरदार का जो 'निश्वास' उसने अपने ज़िम्मे ले लिया था, और वीरो ने उससे वही 'निश्वास' लेकर अपनी छाती में रख लिया था, यह लड़का वीरो की छाती में से उसी निश्वास को पीने की कोशिश कर रहा था।

□□□